Tenerlo todo

NEFELIBATA

Marco Missiroli

Tenerlo todo

Traducción de Maribel Campmany

Duomo ediciones

Barcelona, 2024

Título original: *Avere tutto*

© 2022, Marco Missiroli
Publicado originalmente en Italia por Giulio Einaudi Editore.
Esta edición se publica previo acuerdo con MalaTesta Lit. Ag.,
en colaboración con The Ella Sher Literary Agency (www.ellasher.com).
© de la traducción, 2024 de Maribel Campmany
© de esta edición, 2024 por Antonio Vallardi Editore S.u.r.l., Milán

Todos los derechos reservados

Primera edición: febrero de 2024

Duomo ediciones es un sello de Antonio Vallardi Editore S.u.r.l.
Avda. Riera de Cassoles, 20 3.º B. Barcelona 08012 (España)
www.duomoediciones.com

Gruppo Editoriale Mauri Spagnol S.p.A.
www.maurispagnol.it

ISBN: 978-84-19521-25-5
Código IBIC: FA
DL: B 19.806-2023

Diseño de interiores:
Agustí Estruga

Composición:
Grafime S. L.
www.grafime.com

Impresión:
Grafica Veneta S.p.A. di Trebaseleghe (PD)

Impreso en Italia

A Rímini
y a Claudio Cazzaniga (1980-2020)

Vivo de lo que los demás ignoran de mí.

PETER HANDKE

Junio

Me llama mientras estoy en el supermercado. Lo saludo, él carraspea pero no dice nada. Sé que por las noches deambula con el Renault 5.

Le pregunto si se encuentra bien.

–Perdona que te moleste –dice.

–Déjalo.

Da una calada al cigarrillo.

–¿Al final te han pagado?

–Todavía no.

Nos quedamos callados como cuando de niño lo miraba reparar un enchufe, el aparador del comedor o el canalón de la parte trasera. Sus dedos ligeros.

Después le anuncio que voy a ir a verle.

–¿De verdad vas a venir?

–Es tu cumpleaños.

–¿Y cómo te las vas a apañar con el trabajo?

–Me las apañaré.

Cinco días más tarde llego a Rímini. La casa tiene las persianas bajadas y la puerta del garaje está abierta de par en par. Él está en medio de las tomateras con su sombrero de pescador.

–Hola.

Emerge de la tierra reluciente por el sudor.

–¿Has encontrado tráfico?

–No, no había.

Pasa junto a mí y se dispone a cogerme la bolsa, se la aparto. Lo sigo hasta el piso de la planta baja y me detengo en cuanto entramos. Entonces se da cuenta de que quiero dormir en el piso de arriba.

Subo la persiana de la habitación y el sol choca con el polvo y la repisa de los álbumes de cromos de Panini. Por la ventana se ve el Renault 5 que conduce desde hace veintisiete años. Una llanta tiene un golpe y el parachoques se ve flamante. Don Paolo ha sido quien me ha llamado a Milán para avisarme de que sale hasta el amanecer y tiene problemas.

–¿Qué clase de problemas?

–En el bar comentan que sale por ahí de noche, con mala cara. Ya conoces a tu padre.

–Habla con él.

–Habla tú con él, Sandro.

Más tarde aparece con las fundas de las almohadas y todo lo demás. Hacemos la cama, estirando bien la sábana como hacía ella. Somos lentos y minuciosos; en cuanto terminamos, sale de la habitación y se queda en la cocina.

Revuelve, trastea con las cacerolas, mordisquea algo. Cuando me asomo está de puntillas subido a la silla revisando las latas de conserva. Ha echado tripa.

Baja de un salto sin hacer ruido, como una libélula, va hasta la cocina y enciende el gas. De la nada se saca una cerilla y hace que chispee la cabeza: Nando el Pistolero.

Más tarde voy a hacer mi ronda. Subo a pie por via Magellano, las viviendas de protección oficial de la Ina Casa son un hervidero de gente asomada a las ventanas contemplando la llegada de junio. Y junio llega, llegan los forasteros del principio y la precoz alegría que tanto hastía a quienes vivimos lejos de la costa.

Como siempre, no me quito Milán de encima hasta que me aproximo al parque, a la altura del colegio o un poco después, cuando corto por el patio del edificio en forma de herradura. Los zapatos van cediendo y el norte se desvanece en mi mente mientras giro por la calle del bar Zeta: entro por el *sparino* de alcachofas y salsa de atún, alguien me saluda. Uno dice: «Es el hijo de Pagliarani».

Cuando regreso a casa percibo un aroma a asado, pero él no está en la cocina. Está en mi cuarto repasando la mosquitera de la ventana. Hace un gesto indicando que tiene buen aspecto y sale. Le ha quitado el polvo a la mesilla de noche y ha despejado el escritorio. La bolsa continúa en el suelo, ahora la cremallera está abierta una tercera parte.

Cenamos a las siete y media en punto, y antes de sentarnos averigua si he apagado las luces. ¿Cuáles? Las luces de las habitaciones por las que has pasado. Tiene una fijación por el derroche, también se desahogaba con ella: ni que fueras la mujer de la Enel, le decía.

Ha cocinado un pollo de corral y patatas estofadas, y ha preparado una salsa con berenjenas y flores de calabacín. Me gusta chupar la piel crujiente y dorada del pollo, él también lo hace.

—En Milán solo comes congelados.

—Para nada.

—Pero si tienes ojeras.

–Ya habló Clark Gable.

A continuación, vuelve a sacar el tema del pago que estoy esperando. Se ofrece a echarme una mano.

–Estoy bien y, en cualquier caso, cobraré.

–¿Siguen siendo diez mil ochocientos?

–Diez mil cuatrocientos.

–Pero ¿cómo es posible, con cuarenta años?

–Culpa mía, por habértelo dicho.

Resopla.

–¿Seguro que no necesitas ayuda?

–Estoy bien.

Juguetea con las migas, corta el rabo de una berenjena y lo deja allí.

–Renunciaste a un trabajo fijo, y ahora ya ves. –Se levanta de golpe y coge el vino del aparador, desenrosca el tapón con un movimiento y lo hace girar entre los dedos–. Cuando cerramos el bar America..., ¿te acuerdas de que siempre estaba gritando?

–Me acuerdo de que siempre estabas cabreado.

–Cinco años antes le había prestado catorce millones a Roberti, y no me los devolvía, los necesitaba para el bar.

Me tiende las flores de calabacín.

–¿Qué tiene eso que ver con mi dinero?

–Tiene que ver porque nunca he tenido el valor de ir a recuperar mis millones. ¿A ti qué te parece, debería haber llamado a Roberti? Ni en sueños. –Se pasa la mano por la boca–. Me quedaba en la mesa haciendo cuentas todas las noches. ¿Tú los llamas, a esos?

Asiento.

Me sirve vino.

–Con un bar America ya tenemos bastante, Sandrin. –Levanta su vaso–. Buen provecho.

Pero yo ya sé que no es el bar America. Es la caja de melocotones Cardinal. El destino cambia mientras los está recogiendo con su padre: tiene quince años y pronto se matriculará en la escuela de topografía de Ravena.

Fue ella quien me lo contó, en la cuesta que lleva a Verucchio, con una mano en la cadera y esas pantorrillas de bailarina que desentonaban en el cuerpo de mamá. Aflojó el ritmo y habló jadeando:

–Tú, Muccio, elige la universidad que te guste y no hagas como papá en el campo de melocotoneros de San Zaccaria.

Nos habíamos detenido a contemplar la Val Marecchia, que se extendía tras las murallas.

–El campo grande de melocotoneros, en San Zaccaria, ¿sabes cuál te digo? Tu padre estaba allí con el abuelo Giuliano y tenía que decidir a qué escuela iría. Estaba contento, le gustaban las obras, los cimientos, los niveles y los metros cuadrados, pensaba en ello incluso mientras iba colocando los melocotones en la caja.

Iba a adelantarla cuando se agarró a mi jersey, la cogí del brazo y empecé a tirar de ella; sin embargo, se revolvió y fue ella la que tiró de mí.

–De repente, allí en el campo, papá levanta la caja rebosante de melocotones y le pide al abuelo que lo ayude a cargarla en el carro que está al lado de la acequia. Por allí pasa el sendero, y en ese momento llega Russi, el ingeniero. Russi saluda al abuelo, saluda a papá, pregunta qué tal van las cosas, clava los ojos en los melocotones: «¿Son buenos?». El abuelo le hace un gesto para que los pruebe y Russi se dispone a coger uno al vuelo. Y adivina quién se lo había lanzado desde el otro lado de la acequia. Papá, un buen tiro. Ya sabes la buena puntería que tiene. El ingeniero le pregunta si quiere ser jugador de béisbol, le da un mordisco al melocotón y mientras mastica le informa de que quiere ser topógrafo. Russi da otro mordisco al melocotón y se dirige al abuelo: «Topógrafo ya no es buena idea, ahora hay que hacerse perito electrónico». «¿Perito electrónico?». «Perito electrónico o de telecomunicaciones en Cesena, porque en Italia todo el mundo es topógrafo».

»Russi tira el hueso a la acequia, se despide y se marcha. El abuelo se agacha sobre la caja y arregla los melocotones, a pesar de que ya estaban bien colocados.

–¿Y entonces?

Estábamos llegando al final de la cuesta hacia Verucchio.

–Y entonces tu padre ya había comprado las reglas, las escuadras y el papel cuadriculado. Después de los melocotones Cardinal, lo tiró todo.

Recogemos la mesa viendo el telediario. Él prepara café soluble y lo alarga con leche. Me da el mío y se frota los párpados. Es un hombre con torso de nadador y caderas de chica. El bigote. Quiere ser el Volonté de Sergio Leone y, en cambio, es D'Alema. Se traga las pastillas para el corazón y da un brinco hacia el cestito de mimbre donde está la baraja de la brisca.

–Juguemos.

Me bebo el café.

–¿Jugamos o no?

Carraspea para aclararse la voz.

–Tengo cosas que hacer.

–Una partidita.

Y mezcla. Se pone las gafas y se enciende un cigarrillo. Me da tres cartas.

Me demoro en cogerlas. Lo miro y me mira.

–Una partidita y vale, Sandro.

Jugamos. En la tercera mano, su tres de oros se come a mi rey de oros y la boca se le ensancha como a una rana.

–Esta noche me voy a divertir.

Ríe con sarcasmo.

–¿Y las otras noches no?

Aplasta el cigarrillo en el cenicero.

–Ayer pusieron una de Scorsese, *Uno de los nuestros*. ¿Sabes la escena del camarero con el pie vendado..., cuando va Pesci y le dispara? –Coge una carta y la añade a las que tiene en la mano–. ¿Y tú, qué haces por la noche?

Yo también cojo una carta, tengo las yemas secas.

–Trabajo, salgo. Eso.

–¿Y todavía piensas en Giulia?

Le como el caballo de espadas con el tres.

Perito electrónico o de telecomunicaciones, cobrador en los autobuses turísticos de la costa, empleado ferroviario, camarero, programador informático en el ferrocarril. En su documento de identidad nunca ha querido poner bailarín.

Después de la brisca salimos a la terraza y yo también fumo. Es entonces cuando le propongo el juego: dónde te gustaría estar con un millón de euros más y cincuenta años menos.

Deja el cigarrillo en la maceta de geranios y se queda oliendo el aroma de la Ina Casa, que huele a río. Responde de inmediato:

–Con mi padre trabajando en el campo. Y también en aquella sala de baile de Milano Marittima, con mamá.

Pero se nota que ya se ve con su padre desmenuzando la tierra, antes de que muriese.

–¿Y tú?

–Hace cincuenta años es difícil.

–Veinticinco.

Yo pienso que no quiero volver a tener quince años. Con pecas y en esa Rímini hostil con los tímidos.

–Me gustaría estar en Londres, en un ático, contemplando a la gente que pasa por la calle.

–¿Y el millón?

–Para el ático.

Me mira estrujando los párpados como cuando está perplejo. Expulsa el humo y suelta que hay un problema con las reglas del juego:

–No tiene sentido preguntar qué habría comprado hace cincuenta años con un millón de euros, unos dos mil millones de liras. Es más bonito decir: dónde quieres estar con cincuenta años menos y qué quieres comprar con un millón de euros «ahora».

–Vale, pues dime.

No contesta, se asoma a la terraza y estudia los mirlos que picotean por la calle. En la Ina Casa ya es verano, con el vocerío de los balcones y los chillidos de las broncas de los patios. Y él ya no habla, fuma, me da la espalda. Siempre da la espalda cuando necesita estar solo.

–Piensa en qué te gastarías el millón ahora.

Le pongo una mano entre las escápulas y me voy a mi habitación.

Enciendo el ordenador, sobre el escritorio hay una lámpara de cuello largo, facturas viejas, la caja con la estilográfica, regalo de graduación. La destapo y escribo en la agenda que tengo que llamar al banco por el crédito, me pongo a trabajar.

Cuarenta minutos más tarde el Renault 5 arranca y se va.

Ha descolgado de las paredes los cuadros que ella pintó. Los trajes de noche todavía están aquí, y los zapatos. Y la caja fuerte, detrás de los últimos dos volúmenes de la enciclopedia Fabbri.

Vacío la bolsa: cuatro camisetas, el jersey de algodón, dos camisas, las sandalias, tres pantalones. Cierro la cremallera y lo coloco todo en el armario. Me asalta la duda de si habrá hecho como cuando era adolescente: hurgar en mis mochilas, en los bolsillos de mi ropa. En busca de cualquier prueba que confirme sus sospechas.

Termino de trabajar pasada la medianoche. Él todavía no ha vuelto. Ha dejado el cazo encima del fogón con un dedo de leche, la caja de cerillas sobre la balanza. Ha puesto los garbanzos en remojo, con laurel, y ha preparado la garrafa para trasvasar el aceite. Me como una rodaja de emmental: es su queso favorito y lo corta haciendo zigzag entre los agujeros. La baraja de la brisca está encima de las nueces, en el cestito de mimbre. La ha sujetado con una goma, junto a la baraja francesa. Afuera, en la via Mengoni, está negro.

Cojo la baraja francesa. La sostengo con la mano derecha y me la paso a la izquierda. Me siento y le quito el elástico. La desarmo y me quedo con los dedos encima de las cartas esparcidas. La vuelvo a agrupar. Mezclo a la americana. Con la segunda falange del índice sin dejar de presionar el dorso de la baraja. Mezclo al estilo indio. El pulgar sujetando en vertical y la palma en cuenco. Suelto en cuanto las yemas pellizcan. Las extiendo en media luna, las recojo, lo repito. La velocidad es menos determinante que la meticulosidad: la inclinación del brazo, la rotación de la muñeca, los tres dedos centrales dirigiendo. Lo he hecho con precisión desde la primera vez.

Vuelvo a empezar y paro. Aplasto con fuerza las cartas en la mesa con la palma de la mano. Cuando crujen es como una ráfaga entre las hojas, las alas de un jilguero.

Regresa a las tres y veinte de la madrugada. El portón retumba y los pasos van subiendo. Me revuelvo en la cama y pienso dos cosas: o padece insomnio, o... ¿O qué? Durante años, en vez de dormir deambulaba por el salón; por lo demás, no lo sé. Aparte del baile siempre ha sido un hombre de poco cuerpo.

Espero a que se vaya a su cuarto, no va. Oigo el gruñido de un coche en la via Magellano, el crepitar de mi cama, el vacío de la habitación. Me levanto y me reúno con él en la cocina.

Está sentado, una estela de humo sale del cenicero. Lleva puesto el traje bueno.

–Hola.

–Hola.

Entonces dice que ha pensado en nuestro juego: a quién le importan los cincuenta años de menos y el millón de más. Quiere volver al 2009: la Gran Gala de Gabicce, en el Baia Imperiale.

Bebo un vaso de agua y le doy las buenas noches.

Tengo dieciséis años cuando me encuentra en el cobertizo con el cigarrillo en la boca. Pregunta cuánto tiempo hace. Le respondo que desde hace poco, pero ya sabe que soy un mentiroso.

–¿Qué fumas?

–Marlboro.

–¿Cuántos?

–Uno, dos. El sábado tres.

–Que mamá no te pille. Prométemelo.

Prométemelo: qué bien había sonado ese tono de súplica en su boca.

Para comer prepara pasta con tomate del huerto, y cuidado con llevarle la contraria con las cantidades. Ciento sesenta gramos para dos. Yo voy por detrás y añado tres macarrones a la balanza.

–Granuja.

Pero no los quita.

Mezcla el tomate en el fuego, trasvasando ingredientes desde sus alambiques de cobre. Hace chisporrotear dos cerillas, se agacha para comprobar los fogones, se seca la frente.

La llama «la receta de la jubilación», surgida en los días en que se vio obligado a dejar su empleo en el ferrocarril, después de presentarse en casa aquella tarde de 1997.

Yo estaba con la traducción de latín en la cocina y él entró, bebió agua con una mano en la barriga y fue a echarse a su cuarto. No pensé más en ello y seguí traduciendo, después fui a verlo: lo encontré durmiendo de lado y sin roncar. Volví a la cocina y llamé al médico. Cuando vino a visitarlo, al cabo de cuarenta minutos, le puso una píldora debajo de la lengua y llamó al hospital. Ella llegó corriendo de la escuela cuando todavía estábamos todos en casa: mi Nando, y la caricia que tenía guardada para mí.

Infarto de miocardio transmural, con cincuenta años ya no volvería a trabajar.

El golpe del conejo: entre los campesinos del interior es el modo en que se aturde al animal sacudiéndole en la nuca antes de despellejarlo. También existe en boxeo: son puñetazos en la parte posterior de la cabeza. En la mesa de juego es cuando estás entre la espada y la pared, y te sale bien un farol increíble.

—¿Había gente por ahí anoche?

Pincho un macarrón y mastico.

Sacude la cabeza y apenas toca la pasta. De repente, se acuerda de que debe ir al huerto porque tal vez haya llegado la araña roja.

—¿Qué coño es la araña roja?

—El parásito de los tomates.

—¿Ya los has sembrado?

—Ahora tocaría col y calabaza. Pero no.

—¿No qué?

—No tengo ganas.

—¿Y de qué tienes ganas?

—No tengo ganas.

Terminamos de comer, después me retiro a mi cuarto y al cabo de un rato lo oigo removiendo la tierra. Está agachado, con el sombrero de pescador y esa manera de doblarse y volver a erguirse, como una recolectora de arroz de la Romaña. Un gran bailarín, lo decía ella y lo decían todos.

Por la tarde salgo a comprarle la tarta de cumpleaños. Pedaleo hasta el mar y por la playa ya se ven parasoles floreados y caras tostadas. En junio, Rímini todavía es de Rímini: todo el mundo se conoce y en la arena no hay barullo.

Llevo la bicicleta a mano y subo por la explanada del Grand Hotel, bajo los pinos donde hacíamos carreras en los triciclos con cara de animal. Yo siempre quería el del elefante, ella vigilaba desde la valla de la pista con el helado en la mano y él fumaba detrás.

La Saint Honoré ya era la única que le gustaba en aquella época. Compro una para seis personas, la escondo en la nevera de la planta baja. Se me ha olvidado la vela. Busco por casa: en el cajón del escritorio hay dos de color rosa, de las pequeñas. De la manija del armario cuelga el traje bueno que llevaba la otra noche. Lo ha planchado.

Antes del anochecer veo un correo electrónico confirmando la cita para el crédito. Además quieren comprobar la documentación de la renta. Guardo el teléfono y me reúno con él, le anuncio que hoy me toca a mí cocinar: tortilla de cebolla y calabacín.

–Gracias –me dice.

–Aunque no he escaldado la cebolla.

–Gracias por venir.

–Se está bien aquí.

Ambos tenemos poco apetito y ponemos la televisión, Mentana da buenas noticias sobre las cotizaciones. Me pregunta si tengo novedades acerca del cobro pendiente: no las tengo y él hace un gesto de preocupación con el palillo en la boca. Después del telediario emiten un reportaje sobre Roland Garros y nos acordamos de cuando íbamos a los Internacionales de Roma y nos instalábamos en la pista central, su Nadal y mi Federer, los bocadillos de salchichón que nos acabábamos en el tren de vuelta.

–Mañana cumples setenta y dos años, Nando.

–Qué bien.

Y recoge la mesa.

Hacia la medianoche, el Renault 5 sale del patio. En el despacho falta el traje, en la cocina la baraja de la brisca está esparcida en abanico.

Un domingo estaba con Giulia en el Parco Sempione y él me llamó por teléfono para saber si mamá leía el futuro en pirámide o en abanico.

–No te habrás puesto tú también a hacerlo.

–Por curiosidad.

–¿Y no se lo puedes preguntar?

–Dice que después me lo creo.

–En pirámide y en espiral, las dos. Depende de si se pregunta por el amor o por lo demás.

Giulia se rio: queríamos trasladarnos a Lisboa, tener nuestra casa.

Pero yo tenía mis casas desconocidas y sus mesas. Entraba y buscaba consuelo en un mueble, en un adorno, en las vistas de las ventanas. Una necesidad que llamamos «desvío». Como si tuviéramos que desviar la solemnidad del momento, distrayendo la mala suerte.

Es mejor buscarlo en los primeros minutos. Que el ojo elija un cuadro de las paredes, un sacacorchos, un paquete de tabaco, la lámpara de techo. Cosas. Nunca cuerpos. Los cuerpos los buscas para entender los movimientos. Los cuerpos, solo con la baraja abierta.

Por la mañana está desayunando de pie un té y bizcocho de frutas. Lo moja y espera a que gotee antes de comérselo. Se seca el bigote frunciendo los labios. A continuación, disuelve un sobre de analgésico en agua.

—La espalda de los viejos.

—¿Nando?

—Qué.

—Felicidades.

Le doy una palmada en el hombro, él se toma el analgésico.

—Te he organizado una fiesta.

Me mira con malos ojos.

—Me voy a Montescudo.

—Voy contigo.

—¿Vienes?

No recuerdo en qué rama se había acurrucado la tarde del infarto. Tal vez en la más baja y rechoncha. Hago palanca con el pie y me encaramo. Miro hacia abajo, debió de caerse entre el tronco y los primeros hierbajos. Después se despertó y condujo hasta Rímini.

Desde aquí el caserío de Montescudo es una caja de piedra: lo compraron por ciento treinta millones de liras en 1993, una ruina que ha vuelto a levantar él solo. Si hubiese muerto, lo habríamos enterrado en esta tierra. Y qué se habría perdido: mi licenciatura, la exposición de pintura de ella, yo desnudo con Enrica en la habitación y él entrando porque nos hemos olvidado de cerrar la puerta, mi primera campaña publicitaria, la Gran Gala del Baia Imperiale, el descubrimiento del vicio, todos esos tomates.

La mutación física en el juego: falanges más flexionadas, precisas, la sujeción aumenta. La movilidad de las pupilas. El control del sistema cardiocirculatorio a medio y largo plazo. Es casi un acto evolutivo, en proceso ya desde los primeros meses de presencia asidua en las mesas. Y las posturas inconexas, pero consolidadas, un talismán para cada uno.

Volvieron a bailar siete meses después del infarto. Fue ella quien me lo anunció.

–Cuidado, en el hospital han insistido en ir despacio.

–Por las mañanas, papá está en forma.

–¿Habéis bailado en casa?

–En la cama.

Todavía era rubia y tenía la costumbre de llamarme los miércoles de la universidad.

–¡No quiero saber estas cosas!

–Papá tenía miedo de que se le salieran los *bypasses*.

–¡No me cuentes nada!

–¡Muccio!

–Te juro que estoy a punto de colgar.

Ríe.

–Sí, tú ríete.

–Imagínate los carteles de haber salido mal: «Nando Pagliarani, muerto por amor».

Cortamos la hierba al final de la pendiente de Montescudo: yo hago la parte más dura con la desbrozadora, y él, los acabados con la hoz. Va con el torso desnudo, clava la punta de los zapatos, retuerce el busto en una tensión inhumana. Domina la cuchilla, en la espalda se le hinchan unas alas, se inclina sobre los matojos nudosos, los agarra en su puño y los arranca. La prominencia de la tripa, los huesos emergen de su cuello. Deja caer la hoz, se seca la frente y se me queda mirando.

Apago la desbrozadora.

–¿Qué pasa?

–Voy a hacerme un regalo de cumpleaños.

–Un coche nuevo.

–Una piedra de la iglesia en ruinas. Sacaré un animal de allí.

Terminamos con la hierba y nos dirigimos a la iglesia. A medio camino me adelanta y afloja el paso para oler el aire silvestre. Inspira fuerte y se acuclilla sobre un diente de león, lo desbarata y se convierte en un sabueso con la nariz afilada al viento de la colina.

La iglesia está a cincuenta pasos de nosotros. El campanario se está derrumbando y debajo hay una pirámide de cascotes. El sabueso inspecciona, escoge una piedra alargada. Ve en ella una tortuga con el caparazón delgado. Empieza a cargarla, la suelta de golpe y se sienta, se presiona la cabeza y se toca la espalda.

–¡Eh!

Me agacho hacia él.

–Estoy bien, estoy bien.

Se inclina hacia un lado, la mitad de la camisa se le sale de las bermudas y el viento se la hincha. Las pantorrillas son como varillas en los calcetines Nike.

Decido que debemos volver enseguida. Protesta, después acaba cediendo porque me pongo en marcha con la roca a cuestas. Intenta ayudarme, lo aparto y él me adelanta.

¿Siempre ha tenido las piernas de alambre? Avanzan por la bajada, aflojan el paso y se contraen por los hoyos, salen disparadas en la subida, parten el viento. De nuevo ha recobrado las fuerzas. Me deja un poco atrás y, en cuanto se da cuenta, vuelve sobre sus pasos y me encuentra inmóvil y con la piedra en el suelo.

–Sandro.

–Me has dado una idea para un anuncio.

–¿Yo?

Se la cuento.

Se queda pensando.

–Entonces, el jardinero con la muñequera Nike. El cartero con el chaleco Nike. La parturienta en el hospital con la espalda...

–Los tobillos.

–La parturienta en el hospital con los tobillos en los estribos y empujando.

–Y lleva calcetines Nike.

Se mira los pies.

–¿Y cómo acaba?

–*Everything is sport.*

–Todo es deporte. –Se pone en marcha–. Total, tampoco te pagan. –Suelta su fuerte risotada.

Escondemos la piedra en la hiedra y la cubrimos con la carretilla del revés, junto al cobertizo de las herramientas. Le pregunto cómo se encuentra.

–Bien, bien.

Se estira y empieza a cerrar la caseta. Acaba rápidamente y se precipita al volante de mi coche. Quiere conducir. Tiene prisa por llegar a Rímini y durante una tercera parte del recorrido va a todo gas, hasta que en Trarivi para y baja. Entra en la era de una alquería y cinco minutos después regresa con un paquete de papel amarillo: dice que es una sorpresa buena.

La mía está en la nevera de la planta baja. La saco mientras él se mete en la ducha: la Saint Honoré se ha endurecido un poco y calculo una media hora larga antes de dársela. En cambio, en cuanto vuelvo, me dice que saldrá en breve.

–¿Esta noche también?

Y me parezco a él cuando yo era adolescente.

–Primero nos comeremos la sorpresa buena.

En albornoz, va a abrir el paquete de papel amarillo: un pichón. Lo pone en la sartén y me envía a buscar romero.

Lo ha plantado al final del huerto, donde la tierra se mezcla con el garbino y la luz anochece las cosas. Aquí el bochorno emana de abajo y escalda los tobillos. Más adelante se ve la sombra del empedrado con el Renault 5. Está lustroso, y las ruedas también.

Me acerco, el seguro sigue estando hacia arriba, abro la portezuela y me siento. Huele a limpio, en el asiento de atrás está el kit para usar en caso de accidente y el fardo con las campanillas cosidas en las esquinas. Del espejo retrovisor cuelga la pulsera de cuerda que ella hizo bendecir en Montefiore Conca. Él se negó a ponérsela, pero no dijo nada cuando se la encontró colgada en el coche.

Pichón de Trarivi, pimientos asados de Rímini, Sangiovese de Spadarolo. El menú de cumpleaños. Llega la hora del pastel y me levanto de la mesa, le digo que vuelvo enseguida y que no se mueva.

Está impaciente por irse. Voy al piso de abajo y saco la Saint Honoré de la caja, clavo la velita en el centro. Vuelvo a subir y está lavando los platos.

–No –protesta.

Dejo la Saint Honoré en la mesa, enciendo la vela.

–Es rosa.

–Pide un deseo, vamos.

Y canto cumpleaños feliz.

Él se acerca y me hace un gesto para que pare, aunque está

contento, pues tiene los ojos grandes. Sopla y dedica un tiempo a algún pensamiento.

Al cabo de media hora estoy escribiendo lo de la parturienta con calcetines Nike cuando el Renault 5 sale por la cancela. Hay algo que me angustia, no sé si llamarlo presagio. Ella, hablando de mí: mi hijo es un brujo. Estaba obsesionada con Gustavo Rol y las profecías. Después de su muerte, él tiró todos esos libros sobre oráculos y se encerró en la cocina. Más tarde, en septiembre, lo encontré detrás de la casa labrando el viejo terreno.

–¿Qué haces?
–Un huerto.

Aparición de anomalías en el día a día. Euforia, si se juega. Desaliento, si no se juega. Temblor de las muñecas, de las piernas. Estado de alerta y repentina somnolencia. Vivir según la matemática de la ganancia y la pérdida: todo es suma o sustracción. Atracones y ayunos.

Me duermo y no lo oigo regresar. A la mañana siguiente está en la cocina preparando una sopa fría de garbanzos. Si está en los fogones temprano, es que la cosa va bien. Dice que ha desayunado Saint Honoré. Abro la nevera: se ha zampado una lionesa y no ha tocado el resto.

–Te la has comido esta noche.
–Por la noche, solo emmental.

Levanta la tapa de la cacerola y hace vahos con el suculento vapor.

Está de buenas, lo veo por sus gestos ágiles, yo también lo estoy. Y tal vez seamos los mismos que en Cerdeña en 1998, el año en que descubrimos que no solo existía el Adriático.

Ese agosto nos despertábamos a las siete y preparábamos el desayuno para todos antes de que hiciera más bochorno. Y las comidas y las cenas, los buñuelos de manzana, las salsas, las rebanadas de pan rellenas de cualquier cosa. Para mamá, Patrizia y los dos de Riccione que acabaríamos perdiendo de vista. Yo era un veinteañero, universitario en Bolonia, y él estaba jubilado; recuerdo esa alegría en la cocina de la casita que habíamos alquilado.

Entonces llegó el noveno día de vacaciones: me marché un poco antes de la playa, me encaramé por el sendero hacia casa. Pasaba por allí para ahorrarme dos curvas cerradas de la cuesta, me paraba al abrigo del borde de piedras para sacudirme la arena de las chanclas, saltaba por encima y subía por la escalera exterior que conducía a la planta superior. Esa tarde, sin embargo, oí correr el agua de la ducha de fuera, instalada en un entrante de la pared, invisible desde el sendero. Un borboteo lento. Seguí adelante y vi que era Patrizia, la amiga de mamá. Con el bañador bajado hasta el ombligo.

Me quedé mirándola: su cuerpo firme, el jabón, ella intentando ir deprisa, los pezones de bronce, su mirada sobre mí. Esa expresión primero asombrada y después con una sonrisa, volviendo a enjabonarse.

Yo retrocedí, di un paso a un lado, Patrizia se bajó un poco más el bañador, se enjuagó y cerró el agua, se envolvió en una toalla, los cabellos en un turbante. Entró en casa, la seguí con los ojos mientras desaparecía al otro lado de la puerta de cristal, sintiéndome decidido a algo, pero ¿a qué? A ir corriendo hacia ella y quién sabe.

Me volví para arriesgarme, o para alejarme, y lo vi: Nando.

Me quedé paralizado, pasé por su lado, con la cabeza gacha, sin una palabra, y tampoco hablamos de ello más tarde, hasta la última noche, cuando hicimos la barbacoa de despedida y Patrizia se presentó con un vestido de flores ceñido. Él agitaba los brazos, se dirigió a mí y me susurró: «Pórtate bien».

Se lo confiaba todo sin confiarle nada. Desde pequeño le hablaba con la mente y enseguida esperaba notarle una reacción: la ceja arqueada, el tamborileo de los dedos, una carantoña cómplice como si me hubiese oído por telepatía.

Y la felicidad durante las horas en que lo seguía y él escogía quehaceres en los que podía observarlo: desatascar un lavabo, podar el rosal, limpiar el habitáculo del coche. La magia de sus manos.

—Ya sé qué hacer con el millón de euros de nuestro juego.

Deja a medias la sopa de garbanzos, aparta el plato y va a la ventana. La abre de par en par. Lo primero que hace es construir un porche en la parte oeste del caserío de Montescudo. Y una piscina al final del campo, de piedra y madera, y con una cubierta eléctrica. Una piscina climatizada porque da la sombra la mitad del día.

—Te quedan unos novecientos mil euros.

—Contrato a alguien que te vaya siguiendo y apague las luces que dejas encendidas.

—Esto es serio.

—Ahora te lo digo. —Vuelve a sentarse, cruza las piernas y enciende un cigarrillo—. Me cambio el coche.

—Pero si ni siquiera has cambiado la radio del Renault 5.

—La buena música, solo en casa.

–Así pues...

–Me compro un Dacia Duster GLP.

–No me lo creo.

–Sí.

–Pero ¿por qué no te lo compras?

–El mío todavía funciona. –Echa una bocanada de humo, se levanta de nuevo y revisa su cuaderno de la compra, añade algo a la lista–. Faltan orégano y anchoas. Haremos *pizza*.

–Te invito a comer fuera. Podemos ir a La Brocca, o bajamos a ese sitio de Rivabella.

–¿Cuánto dinero me queda, ahí, en ese juego nuestro? Le mango un cigarrillo.

–Si compras el Dacia Duster, unos ochocientos ochenta mil.

–Tengo que pensarlo bien.

Al final de la cena vuelve a la carga con la brisca. Primero hago un café cortado, él va a buscar la baraja y se queda mirándome mientras vierto la leche. Decidimos jugar cinco partidas.

Vamos dos a dos cuando le como el tres de triunfo con el as. Está molesto, ha sacado dos cigarrillos y le gustaría desahogarse picoteando la Saint Honoré: lo sé porque mira hacia la nevera. Entonces tiene un acceso de tos, se aprieta el pecho, va al aparador y saca un jarabe. Da un trago y se limpia la boca con la lengua.

–Lo he estado pensando. –Se calma–. Me quedan ochocientos y pico, ¿correcto?

–Correcto.

–Compro un refugio en la montaña, en Pozza di Fassa. Y, con el resto, a la Tina Turner de verdad para que me cante en el salón.

Nos reímos, le suena el móvil, seguimos riendo y no le da

tiempo a contestar: es don Paolo quien le llama. Antes de hacerse cura era compañero suyo de colegio. Le devuelve la llamada y hablan de todo un poco; hacia el final de la conversación, Paolo quiere hablar conmigo como cada vez que estoy por aquí. Me pregunta si he encontrado bien a Nando. Voy a mi cuarto y le contesto que lo he encontrado normal. –Normal, dices. –Se queda meditando. Es licenciado en Derecho y cuenta la leyenda que fue confesor de Andreotti–. También estaba normal el día de su boda, Sandro.

Eso también es una leyenda: Nando se puso a derribar la pared mohosa de la cocina dos horas antes de casarse con ella en el ayuntamiento.

Después de cenar soy yo quien sale: he quedado con los demás en pasar por el local de Walter para la inauguración de la temporada estival. Antes era un quiosco donde se comía sandía, y ahora es Gradella, un restaurante con un jardín que da al canal.

Llevo veinte euros y ninguna tarjeta de crédito, cuando llego ya están todos. Algunos nunca han dejado Rímini, uno es actor en Roma, otro es médico en Bolonia; nos vemos en Navidad y esporádicamente durante el año.

–El milanés que va y viene –cotillean.

–Esta vez me quedo.

–¿Media jornada?

–Depende de si Nando quiere.

Con ellos también lo llamo por su nombre, como si fuera uno del grupo que siempre está a punto de unirse a nosotros. Me hacen sitio en la mesa y Lele me tiende un pincho de carne asada. Estoy convencido de que nunca nos perderemos. Hubo un momento en que sí, con la universidad, desparejados, asustados por salir de la provincia.

Pido una cerveza y me asomo al canal. Las gaviotas planean y las chalanas van regresando, el barrio de San Giuliano pasa las veladas en el exterior de las casas y tiende la ropa al aire. Y me viene a la cabeza este pensamiento: llevo cuatro años sin ella.

Pedimos otra cerveza, Lele y yo nos la bebemos en el murito que hay sobre el canal. Le confío que Nando va por ahí como un ladrón con el Renault 5 y que regresa en mitad de la noche. Se me queda mirando, es actor, pero pone una cara como pidiendo permiso. Reflexiona: en su opinión, sale en coche solo por salir.

–Solo por salir.

–Sí.

–¿Desde hace meses?

–¿Cómo sabes que es desde hace meses?

–Avisaron a don Paolo en el bar.

–No se meterán en sus asuntos...

Los mosquitos pellizcan el agua y el crepúsculo se come las proas. Ni siquiera Lele piensa ya en casarse, el teatro lo llevaba de aquí para allá, y nada. Le pregunto cuánto tiempo se quedará en Rímini.

–Hasta la próxima audición. ¿Y tú?

–Debería haberme marchado hoy.

–¿Y por qué no te vas?

–¿Quién coño eres, de la Gestapo?

Se abrocha los puños de la camisa y se levanta el cuello, pretende emular a Alain Delon y se lo digo.

–Vete a la mierda tú y Delon. –Entonces se pone serio–. Mejor hablemos de Bruni.

–¿Qué?

–Ni te acerques.

—No empieces.

—No me gusta cuando te quedas en Rímini más tiempo del previsto.

—No empieces.

—Te lo repito: Bruni.

—Pero si ya no tengo su número de teléfono.

—Porque como lo tengas...

—Qué idiota.

—Y que sepas que ha borrado incluso su Facebook.

—¿Pues entonces?

—Ojo que lo voy a saber.

—Sí, sí.

—De todos modos, Bruni se ha apartado del circuito, Sandro. Me acabo la cerveza y apoyo los codos en el muro.

—Me quedaré unos días en Rímini y adiós.

—Pues esta vez puedes conocer a Bibi.

—Qué pesado eres con esa tal Bibi.

—Bióloga. Treinta y dos años, sinapsis milanesas. Su nombre lo dice todo: Beatrice Giacometti.

—Rica.

—En absoluto.

—Judía.

—Para nada.

—¿Tetas?

—Normales.

—¡¿Y entonces para qué me la quieres presentar?!

—Para que te dé unas cuantas tortas si no vas por el buen camino.

Regreso a casa tarde y medio achispado, el Renault 5 está en casa y hay luz en su habitación. He pasado por el bar Zeta a comprar tres buñuelos, me como uno en la cocina mientras compruebo en Instagram cómo es esa tal Beatrice Giacometti. Su perfil es privado y la foto de presentación es minúscula: castaña, nariz aguileña, ojos pícaros. Bibi.

Dejo dos buñuelos para el desayuno en el plato y los cubro con papel de cocina. A continuación, entro en la zona de los dormitorios, su puerta está entreabierta.

Él es quien me llama. Está leyendo y la lámpara le recorta su opaco rostro. Se quita las gafas.

–¿Qué, iremos a comernos una *pizza*?

–En Rivabella está rica.

–Me han entrado ganas de una *capricciosa*.

Tiene en la mano el Simenon que lleva leyendo toda su vida.

–Tu Maigret infinito.

–Me gustaba más en la tele.

Le doy las buenas noches y me viene a la cabeza que ya no leo: es lo primero que me salto cuando tengo preocupaciones.

En la espina dorsal: una especie de contracción. O en el cuero cabelludo: un hormigueo. O una ráfaga helada en la base del cuello. Un mal presentimiento. Me venía en cuanto me sentaba a la mesa. Y cuando aparecía, nunca tocar la baraja antes que los demás.

Zanganeo toda la mañana, él anda en el huerto con las escarolas, a pesar de que está a punto de llover: encogido, cava y amasa la tierra vieja con la tierra nueva. Con la mano abierta, con los puños, con un dedo, tres dedos, bajo la lluvia que empieza a golpearle la espalda. Se estira y se arrastra hacia las pequeñas plantas, se ensaña con las raíces y hace que emerjan bien las hojas, recoge. Se pringa en el barro, la lluvia oscurece el azul de la camiseta, la nuca. Se hace un ovillo, da patadas para allanar los cúmulos, pule con los antebrazos, se quita la tierra de la frente, se aprieta una palma en el costado, pero no se detiene. Empieza la tormenta, lo llamo desde la ventana. Me hace un gesto para decirme que ya viene, y sí, lo hace, con la cosecha en los puños apretados. Golpea los tacones en el felpudo y cuando sube a casa está empapado y silba Venditti.

Un buen presentimiento: no tener ninguno. La normalidad, el transcurso de los días sin sobresaltos. Que todo vaya como la seda hasta que se abre la baraja.

Voy al banco a primera hora de la tarde. Es el segundo crédito que pido. Ven probable que para la revisión solo sea necesario adjuntar los documentos de la renta. Me lo dirán lo antes posible.

En cuanto llego a casa finjo tener una llamada, él me escucha desde la cocina: «Pues podían haberme avisado de que estaban a punto de hacer la liquidación, es que ¿por qué siempre hacen lo mismo? Siete meses de retraso, y den las gracias de que no me he dirigido a ningún abogado, envíenme la transferencia y dejémoslo así».

Me guardo el teléfono en el bolsillo y entro en la cocina, está metiendo manzanas en el horno. Se detiene.

–El notario Lorenzi tiene buenos abogados, si te hace falta.

–Ya lo han arreglado.

–Los diez mil cuatrocientos.

–Casi todo.

–Y aparte de ellos, ¿cómo va la cosa?

–Bien.

–Me refiero al sueldo.

–Los cursos en la universidad, después del verano.

–¿Y antes del verano?

–Antes, bien. Hoy te has comido toda la tormenta, ¿eh?

En el televisor está puesto Rai 1, él se aparta del horno.

–¿Vamos al cementerio?

Todavía llueve, pero a él no le importa mojarse, en absoluto. Sale de casa a paso ligero y se mete en el Renault 5, yo me resguardo bajo las manos y me reúno con él.

Dejamos escopeteados la Ina Casa, embocamos la Marecchiese hasta Spadarolo; tras dejar atrás la escuela nos metemos en la primera colina. El Renault 5 silba por debajo de los cincuenta por hora y cuando acelera sacamos la punta de la lengua para acompañarlo. El aire está mojado y las tierras tienen trigo, amapolas y malvas, en el asiento posterior del Renault hay un ramillete de flores silvestres. Me cuenta que lo ha recogido en Montescudo y lo ha conservado en agua en el garaje. En el garaje yo no lo he visto.

Aparcamos junto a la cancela de hierro; él baja primero con las flores y espera a que saque el paraguas del maletero. Se santigua en el nombre del Padre. Desde el funeral no hemos vuelto a venir juntos al cementerio.

Ella está al otro lado de la escalinata, en un nicho con sus padres. En la fotografía está riendo, pero se la ve reacia a hacerlo.

Él se aparta del paraguas y va a la fuente, llena la regadera y vuelve. Quita las flores secas, arregla el ramillete de Montescudo y echa agua, con un paño limpia la lápida.

Lo hace apresurado, da un paso atrás y se pone de lado como si quisiera marcharse. En cambio, va hacia ella y pone los dedos sobre la fotografía, le habla. Pero no sé qué le dice.

—¿Y tú, Sandrin? ¿Qué harías con el millón?

Ha encendido un cigarrillo y conduce ágil por la colina de Spadarolo. Se nota que no tiene ganas de regresar a casa, el sol ha salido y bate el suelo húmedo.

—Metería una tajada en el banco. —Me arrellano en el asiento—. El resto, en Londres.

—Siempre estás con Londres.

—Tú tienes Montescudo y yo tengo Londres.

—Pero los ingleses son un poco capullos.

—Tú que sabrás.

—Los londinenses, sin duda.

—El empresario amable es londinense.

—Pero él sabía que contigo salía ganando.

—No, eso no lo sabía.

Nos encaramamos por las curvas cerradas de la colina de Covignano.

—A mi parecer, alguien le dijo al empresario que contigo ganaría dinero.

—¿Quién?

—Yo qué sé.

—Pues entonces, ¿por qué hablas?

—O sea, ¿ese pez gordo se va a complicar la vida con alguien de Rímini? ¿Alguien que le habla de flamencos con prótesis?

—Esa es la razón por la cual él es un pez gordo y tú...

Miro hacia fuera.

—¿Y yo qué?

–Déjalo, será mejor.

–¿Y yo qué soy?

–Sois así.

–¿Quiénes?

–Los que nacisteis antes.

–¿Los que nacimos antes de qué?

–Déjalo.

–¿Cómo dices que somos los que nacimos antes?

–Cállate.

–¡Que cómo somos!

–Unos prudentes de mierda.

Ahora la colina está en penumbra y él reduce la velocidad para acostumbrar los ojos. Apaga el cigarrillo.

–Flamencos con prótesis. Venga, ¿cómo era esa idea que le diste al pez gordo de Londres?

–No.

–Vamos.

–La generación de los prudentes.

–¿Prudentes de qué?

–Fichar en el ferrocarril y a portarse bien.

–¿Y tú?

–Yo, ¿qué?

–¿Y tú? ¿Qué has arriesgado, Sandro?

–Más que tú.

–¿Qué has hecho tú? ¿Has elegido a una mujer? ¿Has formado una familia? ¿Tienes una hipoteca?

–Fichar en el ferrocarril y a portarse bien.

–Ah, sí, claro: tú te arriesgas con las cartas.

–Déjame aquí.

Golpeo la ventanilla con la mano.

–Para ya.

–¡Déjame aquí!

Pero él acelera. Ha agachado la barbilla contra el pecho y retuerce la palanca del cambio.

–Los flamencos, dime cómo era, vamos. ¿Cómo era la idea que le diste al pez gordo londinense?

–Siempre estáis juzgando.

–Venga, qué era, no nos hagamos mala sangre.

Imposto la voz:

–«Todos somos flamencos».

–Y salía ese flamenco con la prótesis en vez de la pata levantada –dice él mientras alarga el trayecto, y pasamos por delante del Paradiso. Reducimos la velocidad para echar un vistazo al jardín abandonado de la discoteca–. Y el empresario, ¿qué hizo en cuanto te vio frente a su casa?

–Ya lo sabes.

–No me acuerdo.

–Estaba ocupado en sus cosas. Entonces le dije que tenía una idea para su compañía.

–¿Y luego?

–Ya lo sabes.

–Y luego, vamos, vamos.

–Luego me invitó a tomar un café en su casa.

–Y seis meses más tarde mamá estaba frente al televisor. Por lo menos llamó a cincuenta personas: «Esta noche pasan el anuncio de Sandro», «Sandro sale por la tele», les decía.

–Endereza el retrovisor–. Siempre estuvo de tu parte, Sandrin.

–Vamos a dar un paseo, venga.

Caminamos por la orilla desde la playa número 5 hasta la número 33, los habitantes de Rímini y su impaciencia por que llegue el buen tiempo, las camisetas de tirantes y los bañadores de una pieza, ya hay alguien en remojo a pesar de que el mar está agitado y ha retenido el temporal. Allí abajo, la punta de Gabicce es diáfana y nosotros insistimos en caminar con el paso de la Romaña, medio apresurado y medio perezoso, con la cabeza en las nubes y las rodillas fuertes. Entonces se para en seco. Me busca con una mano y se dobla hacia delante, me coge y deja que lo coja.

–Sandro.

–¿Es la espalda?

–Vamos a casa.

–Estás cansado.

Tiene los tobillos llenos de arena y suda. Me inclino y tiro de él, le entrelazo un brazo y subimos poco a poco por la playa, nos detenemos porque no quiere que lo ayude. Al final salimos de la arena y encontramos un banco. Hago que se siente, le seco la frente con la manga y le digo que voy a buscar el coche. Y después casi corro, siempre alerta después del infarto en el cerezo. El teléfono siempre conectado, incluso por la noche, en Bolonia y en Milán, los horarios de trenes en la cabeza, imaginando la voz de ella que diría: «Ven enseguida, ven, que papá está mal».

Cuando vuelvo a la playa número 33 está mirando a la gente que pasea, con las manos abandonadas en el regazo. Espero a que me vea, pero no me ve, toco el claxon.

Se vuelve, levanta un brazo.

Para cenar tenemos calamares rellenos y pepino, y un vaso de vino. No ha querido meterse en la cama. Picotea un poco, aparta el plato y se levanta, repasa por encima la lista de la compra, coge de la despensa una espiral de regaliz y desaparece en su cuarto, enciende el televisor.

Yo también me retiro a mi habitación, me gustaría tener compañía, pero no me apetece dejarlo solo: de todos modos, llamo a Lele, está hecho polvo y ya tiene puesto Netflix; podría pasar un momento por el local de Walter, desisto, busco una película entre los DVD supervivientes. Me tropiezo con un documental de las cabras marroquíes en los árboles de argán. Siete u ocho cabras encaramadas en las ramas, comiendo bayas y haciendo de bolas de Navidad vivientes. Pongo el documental y al cabo de diez minutos oigo que se abre la puerta de su habitación. Se mueve arriba y abajo, entre el despacho y la sala. Va al baño, vuelve al despacho, va por el pasillo, regresa a su cuarto y se queda en él, sale de nuevo y vuelve a estar en el pasillo, baja la escalera y hace saltar el portón, lo cierra otra vez, los pasos se oyen afuera, el Renault 5 arranca.

Me pongo los zapatos y cojo las llaves, bajo corriendo. El Renault 5 ya está subiendo por via Magellano. Me subo al coche y arranco en la misma dirección, lo pierdo, después ahí está, ha torcido por via Marecchiese, y entonces me acuerdo de que no he apagado el documental y ya habrá llegado al momento en que las cabras están encima del argán. Mantengo la distancia con el Renault 5 y lo sigo bordeando el Villaggio Azzurro por el sur, y decía que estaba cansado, acelero, y parecía que quería descansar, aumento la velocidad y esta vez el tormento se convierte en un deseo: espero encontrármelo con una amiga, o un amigo, con su alegría de antaño.

El Renault 5 emboca via di Mezzo y aparca. Baja del coche y entra en el bar Sergio, está en la caja comprando cigarrillos, vuelve a salir con ellos en la mano izquierda. Se ha puesto la camisa con el cuello de punta de lanza.

Sube al coche y arranca, continúa por Marina Centro, donde las tiendas rebosantes de cubos de playa se han tragado los quioscos, pasa junto al Central Park y al Embassy, prosigue paralelo al paseo marítimo y acelera hasta el cruce del viale Tripoli, la explanada que de niño me sonaba a africano.

Aparca cerca de la iglesia, aparco yo también. Baja y camina un trecho, se dirige al edificio sin ventanas que hace unos veranos mirábamos de reojo dando gas a los motores: allí se celebraban las fiestas de la parroquia, y a principios de los años 2000 se convirtió en un cine de arte y ensayo. Esta noche en las taquillas no hay entradas. El nombre del cine es un neón apagado: ATLANTIDE. Una mujer con el pelo plateado está de guardia en la puerta y lo saluda, se ponen a charlar. Él entra. Espero, bajo del coche, me acerco. Del cine llega una música y unas voces al micrófono, la mujer plateada se prepara para recibirme. La saludo y pregunto qué película exhiben, ella me informa de que desde junio no hay programación y que el local está reservado a los abonados.

–¿Y el carné se hace aquí?

–Jubilados del ferrocarril.

La música llega desde abajo: es folk o *country* o algo por el estilo, las voces del micrófono se interrumpen. Vuelven a empezar.

–Gracias.

Y me alejo.

–¿Es usted ferroviario o exferroviario?

Hago un gesto de negación.

–Era solo por preguntar.

Me despido y me dirijo a la parte de atrás del Atlantide. Las ventanas son pequeñas y oscuras, y las únicas luces proceden de tres ojos de buey a nivel del asfalto. La música nace de allí: al fondo hay una sala grande y gente bailando. Llevan sombreros en la mano. Unos sombreros de *cowboy*, en la Romaña.

La crisálida: el momento antes de apostar fuerte. Ajustar la postura, la presión de las yemas de los dedos sobre las fichas, la ausencia de pensamientos. Olvidar quién eres.

No recuerdo haber visto un sombrero de *cowboy* en casa. ¿O sí?

Ella tal vez, él no. Era ella quien lo arrastraba a la pista, pero después era él quien le encontraba el gusto, con la camisa negra metida dentro de los pantalones y los zapatos brillantes. Le hacía arquear la espalda agarrándola por la cintura, aunque no viniera a cuento, y cerraba el baile con el salto Scirea. Me daba vergüenza mirarlos: ese esbozo de sensualidad, las manos audaces.

Alargo el camino de regreso y busco canciones en la radio, la apago. Doy media vuelta, recorro otra vez la calle paralela al paseo marítimo y aparco delante del Embassy: antes era una discoteca; ahora, un restaurante. Un poco más adelante está el Central Park, nuestra sala de juegos de cuando éramos unos niñatos: las ráfagas de luces de las pantallas, las musiquitas de *Double Dragon* y *Street Fighter*, el ruido metálico de las bandejas de las máquinas expendedoras.

Entro, cambio cincuenta euros en monedas y me dirijo a la zona de las tragaperras. Sigue estando igual, excepto por los *pinballs* de la antesala, que ya no están.

Gano doce euros. Gano otros veintiuno. Pierdo.

Salgo y retiro otros cincuenta euros, entro otra vez y voy a la caja. Una chica cambia seis euros en fichas, la máquina se los escupe en la bandeja número dos. Ese tintineo. Ese fragor jubiloso. Esa fortuna acumulada. Yo también quiero fichas: las pido por valor de veinte euros. Me dan el cambio y espero el tintineo, el fragor, la fortuna: todo ello suena en los engranajes de la caja que los expectora en la bandeja número uno. Cuarenta fichas, más cinco de regalo. Me llenan una mano y media. Las recojo, las aprieto, siento cómo raspan en la palma, cómo rechinan la una contra la otra y me calientan la piel. Me las juego, o no: no me las juego y me quedo con esa efervescencia del

metal, salgo, hundo bien los dedos en ellas antes de volver a
subir al coche, y las vuelco en los bolsillos. Los bolsillos llenos.
A continuación, busco en la agenda del teléfono el número
de Bruni, en un viejo mensaje, aun sabiendo que ya no está.

Tengo trece años cuando meto el índice en el cajoncito de su
molinillo de café para coger diez mil liras. Me las gasto con
parsimonia: un cómic de Dylan Dog, la revista de monopatines, un trozo de *pizza* el sábado por la tarde, cromos de Panini.
Hago que me duren, guardo los cambios y divido los pequeños
tesoros en función de una pirámide de exigencias. Hay que estar preparado si los amigos proponen una salida doble con el
patín en la playa, alquilar una sombrilla, comprar la sudadera
de Best Company, ir a las primeras discotecas el domingo por la
tarde. En un momento dado empezamos con la sala de recreativos del centro, se llama Venusian y cambiamos fichas por tres
mil liras, algunas veces cinco mil porque así te regalan más.
El molinillo de café está en el último estante de la cocina,
debajo de la repisa con el cuaderno de la compra y el libro de
recetas. Me subo a la silla para llegar, los billetes pequeños
están encima. Cuando ya no necesito la silla, lo hago de puntillas y empiezo a birlar las cincuenta mil liras del fondo. Lo
hago una vez cada cuatro semanas, más la paga del mes. Con el
tiempo, una vez cada tres semanas. Después una vez cada dos.
Los recreativos, el bar Sergio con las tragaperras, el *blackjack*
electrónico de la gasolinera.
Quien me lo dice es él:
–Se te han alargado los dedos.
No digo nada. Al cabo de dos días, hurgo en el molinillo y
veo que todavía hay dinero. Me quedo parado, con el índice
contra el pliegue del billete, lo aparto y tengo miedo.

–Te subo la paga a cien al mes –me informa un jueves.

Y ella, a escondidas, siempre saca del bolso otras diez o veinte mil más.

Después del Central Park vuelvo a casa. Dejo el coche en la via Mengoni, entro por la cancela, subo la escalera exterior de dos en dos y en los bolsillos suenan las cuarenta y cinco fichas. Me paro, con las manos en el botín. Cuarenta y cinco fichas. Abro los dedos y los frunzo, abro y frunzo. Esta ha sido siempre la señal: los bordes de piel húmeda en la base de las falanges, la costura de carne crepitando.

En la cocina enciendo la luz de encima del fregadero, destapo una cerveza y me siento. Barajo las cartas de la brisca y las extiendo en pirámide: trece cartas con la última que hace de punta. Se me ha olvidado cortar el mazo y empiezo desde el principio.

–¿Funciona si te lo haces tú solo? –le pregunté una noche que ella se las había leído para saber cómo le iría su exposición de pintura en el Grand Hotel.

–Solo si no cruzas las piernas.

Lele se enamora de todas las mujeres que conoce y en cada ocasión echaría por tierra su carrera de actor.

–Mi reino por cada una de ellas.

–Pero si siempre las dejas tú.

–Desmonto del caballo antes de que me derribe.

De pequeños íbamos al bar Laura, en la playa número 5, a gastar liras y a inventarnos bromas. Él con su mochila en bandolera y una banana. No tenía un chavo, se reía de ello y, mientras nosotros comíamos Maxibon, él pelaba la Chiquita y estaba siempre contento. Ahora tomamos café helado en el bar Souvenir del puerto, pedimos y nos sentamos medio al sol.

Hoy actúa con previsión, se lía un cigarrillo y lo deja en la mesa para cuando se termine el café. Y conmigo no necesita esforzarse mucho, él y su modo de escrutarme, el inspector Derrick de la Romaña: el caso es que no lo estoy convenciendo en absoluto.

–No te estoy convenciendo en absoluto... ¿de qué?

–Ya lo sabes.

–No, no lo sé.

–El viejo asunto.

–Oh, ya basta.

Me coge del brazo.

–Entonces es por tu padre por lo que tienes esa cara.

–¿Qué cara?

–¿Sandro?

No me suelta el brazo.

–¿Qué quieres, Daniele?

–¿Es por el viejo asunto?

Yo también me lío un cigarrillo.

–El viejo asunto está arreglado.

El camarero nos sirve los cafés helados.

–¿En qué medida está arreglado?

–Está arreglado.

–¿Bruni?

–¿Otra vez?

–No fue Bruni quien te puso también en Milán.

–Pero ¿qué tiene que ver?

–Las sirenas perduran, y tú lo sabes.

Nos bebemos el café, encendemos los cigarrillos.

–Simplemente estoy sin blanca. No me pagan. Y Nando está contento de que esté aquí.

–¿Cuánto necesitas?

Hago un gesto de negación.

–Solo quiero estar un poco en casa.

La noche de la *pizza* en Rivabella, antes de salir, se me enciende la luz: el sombrero de *cowboy* está en el sótano. Bajo y encuentro un bombín que usaron en un carnaval. Las botellas de vino están amontonadas en una esquina, veo la rejilla con las llaves Allen y la caja de las herramientas: destornillador, paletas y cinceles, taladros, resinas y sabe Dios. Ha añadido un extintor y ha dejado colgada su ropa de batalla. Me apoyo en la pared, venía aquí de pequeño: cerraba la puerta de acordeón, con la linterna encendida y los *Tiramolla* para ojear, la primera embriaguez de sentir que hacía algo en secreto. Y después de haber desaparecido, la alegría de oírlos decir mi nombre con aprensión.

Se pide la *capricciosa*, como había dicho. Hubo un tiempo en que pedía la *diavola* y una época en que solo quería *pizza* con salchichas.

–Eres el único que come *pizza* de atún, Sandrin.

–Moira Orfei se la come cada vez que siente envidia.

Se echa a reír.

–Ah, ¿sí?

–Puede que lo dijera en una entrevista.

–Pues por ti y por Moira Orfei.

Brindamos con las cervezas y los huecos de las mejillas se le alisan. Va de tiros largos con esa camisa azul y las mangas remangadas. Se limpia el bigote y a mí me dan ganas de hablar.

Lo nota.

–¿Qué pasa?

–Nada.

–¿Qué pasa?

Me extiendo la servilleta sobre las piernas.

–Haz que te visiten para ese cansancio. Yo te acompaño.

–Duermo mal.

Se vuelve hacia el camarero.

Pero la *pizza* no llega, bebemos cerveza y echamos vistazos al exterior de la terraza. He pedido una mesa en el lado que da al Adriático, las sombrillas están cerradas, excepto dos, y se siente el tedio que precede a la parranda. Algunas noches, hasta que fui al instituto, era la hora en que cenábamos en la playa: ella traía bocadillos dulces e invitábamos a Lele y a alguno de los otros, mientras el paseo marítimo se iba llenando y nosotros todavía andábamos en bañador.

–¿Te acuerdas qué bonito? –pregunto.

–Tú siempre atún y huevos duros.

Después nos sirven las *pizzas* y las dejamos ahí a la espera del aceite picante. Me lo pone él: unas pocas gotas dispersas.

Mientras caminamos por el paseo marítimo le cuento que, como Moira Orfei, yo también tengo el chivato de la envidia. No es la *pizza* de atún, sino el dedo de un pie. Cada vez que deseo algo de alguien, el dedo gordo del pie izquierdo se encabrita.

–¿Solo el izquierdo?

–Solo el izquierdo.

–Pon un ejemplo.

–Publicidad de una lavadora: en el cesto de la ropa sucia, las piezas se convertían en peces en el océano. Sin darte cuenta, un fular era ya una medusa. ¿Sabes cuál te digo?

No se acuerda.

–Cuando vi el anuncio por primera vez, sentí el dedo chocando con la horma del zapato.

Se enciende un cigarrillo y me ofrece otro, da dos caladas.

–De modo que eres una persona envidiosa...

–A veces sí.

–Pero, perdona, ¿a ti qué te falta?

–Qué tiene que ver. Se es envidioso porque se quiere tener quién sabe qué.

–¿Quién sabe qué? ¿A qué te refieres?

–Yo qué sé.

–¿La mujer adecuada?

–Por ejemplo.

–Una casa en Londres.

–Eso.

–Un Óscar por un anuncio.

–Ojalá.

–¿Y luego?

Le guiño un ojo.

–Ya lo sabes.

Frena de golpe.

–El vicio.

–Que estoy bromeando.

Pero él se vuelve hacia el otro lado y camina a trompicones.

–Que estoy bromeando, Nando.

–No estás bromeando, sinvergüenza. –Vuelve a tener los huecos en las mejillas–. Así pues, tu envidia no es tener quién sabe qué.

–Oigamos.

–Es tener todo Sandro Pagliarani. –Se detiene–. Tenerte tal y como eres por completo, chorradas incluidas.

Fumo y no digo nada.

Él tira el cigarrillo a la mitad.

–Al final me parece que solo queremos las dos o tres cosas por las que venimos al mundo.

–Qué filósofo.

–Qué gilipollas.

Nos ponemos de nuevo a andar desacompasados y Rímini alrededor está tranquila. Hace veinte años que esperamos julio para la marabunta que hasta 2002 llegaba en mayo. Le pregunto si le apetece un helado, está bien así, a mí sí me apetece; cuando lo tengo, él acerca la boca a la nata, se moja los labios.

–Me parece que yo sentí envidia cuando los Nicolini se compraron la finca.

–En Santarcangelo.

–Fue una oportunidad del copón.

–Salí con Daniele el otro día.

–¿Cómo está?

–De descanso de la gira.

–Lo vi en Rai 1 en una serie.

Está indeciso sobre qué dirección tomar, lo conduzco hacia piazza Tripoli acelerando el paso, nos metemos por las callejuelas que llevan del Bounty a la explanada. Él afloja el paso y se precipita al interior del estanco. Sale con un mechero que hace chispear porque sí. Es como un niño y se lo digo.

–Ah, la juventud. Eso sí, maldita la envidia.

Después cruzamos la plaza y llegamos a la iglesia. Me termino el helado, tiro la servilleta y me quedo mirando el Atlantide: está abierto y veo a la mujer plateada en el umbral.

–¿Volvemos? –pregunto.

–Te enseño algo.

Me lleva allí. Y anuncia a la mujer de plata que soy su hijo y que quiere enseñarme la fiesta. La mujer sonríe y nosotros vamos a parar a un descansillo. La gente está apretujada, no hay música, el chorro de aire acondicionado nos abanica el cuello: bajamos un centenar de escalones y salimos a una gran sala. La pista de baile está al fondo.

–Bueno –dice él.

Detrás de nosotros se agolpan cincuentones y de más edad, alguno es más joven y todos llevan el sombrero de *cowboy* en la mano. Me hace una señal para que lo siga a la barra del bar, charla con una chica que lleva chaleco y camisa blanca.

–¿Qué quieres beber? –me pregunta ella–. Tu padre tomará una sambuca.

–Una sambuca está bien, gracias. –Me siento en el taburete.

Él está a medio metro de mí, le da el dinero a la camarera y se sienta. Llega más gente y la música arranca. Van a la pista. Es folk, *country*. Bebo un sorbo de sambuca, él se acerca.

–Bueno –repite–, después de mamá.

Ocho segundos: la media de tiempo en que el principiante corre el riesgo de delatarse ante los otros jugadores respecto a la mano de cartas que acaba de recibir.

Los pies se le mueven bajo el taburete, gira las puntas y clava tacón, mira la sala, mira las luces del techo y a los *cowboys*, me mira a mí. Me incomoda un poco y me giro hacia el fondo de la sala; cuando vuelvo a mi posición, todavía está mirándome. Sí, le digo con la cabeza, «Ve», como si cediera a un permiso que me hubiera pedido.

Se termina la sambuca y se levanta, se arregla las mangas

de la camisa. Hace oscilar la mano, inclina la muñeca, y me doy
cuenta de que es el mismo movimiento que hacen en la pista
con el sombrero entre los dedos. Inclina la cabeza en dirección
al baile y me invita.

—Ve tú.

Él se va y se reúne con un tipo fornido en vaqueros que pone
la música desde una tarima. Habla con él y el tipo se agacha
debajo de la mesa y aparece con un montón de sombreros de
cowboy, se los deja elegir. Él coge dos, le da las gracias y regresa conmigo.

—Bailemos.

Pero yo no bailo. Me quedo con el sombrero en la mano:
es el de John Wayne, con las tachuelas de acero y el cordel alrededor de la copa.

¿Y él dónde está? Ha esperado al final de la canción, ha recorrido el pasillo entre las sillas, con el pecho ancho y las pantorrillas tensas, y se ha alineado con los demás en la pista. Juntos for-
man siete filas horizontales, en cada una de ellas hay una decena
de bailarines, separados medio metro entre sí. La música vuelve a
empezar y él sostiene el sombrero por la copa a la altura de la cadera, se lo lleva al rostro, le da la vuelta sobre la palma y se lo pone.

Tiene la espalda flexionada, bate las palmas tres veces, todos lo hacen, mientras giran sobre sí mismos y vuelven a ali-
nearse. Se quitan el sombrero y empiezan un paso adelante y
uno atrás, marcando con el tacón antes de una pirueta. Está
serio, se concentra en los pies, luego ríe.

Y sigue riendo. Porque es él: John Wayne.

Se necesitan seis meses y haber jugado sin problemas en unas
quince mesas para que te acepten en el circuito bueno. Entonces te dicen: estás dentro.

Después de haber entrado, allí, en Milán, me pusieron ese nombre: Rímini.

Ya fuera del Atlantide le doy mi chaqueta. Se la pone sobre los hombros sin meter las mangas y yo se la estiro para protegerle la nuca. Imito la pirueta y el gesto de hacer rodar el sombrero. Dice:
—Es divertido.
Y es un sonido adecuado en su boca: «divertido», el timbre grueso, «divertido», Nando Pagliarani. Me viene el nudo y lo mastico, él lo ve y me pregunta si va todo bien. Divertido. He esperado toda la vida oírselo decir.

Bailaban el buguibugui, música de los años sesenta, la mazurca, bailaban lentos. Bailaban Queen y Daft Punk, bailaban Secondo Casadei. Hacían campeonatos de *swing*. Otoño Invierno Primavera Verano. Pero su época de baile era el mes después del cierre final de las sombrillas, con Rímini todavía patas arriba y las chaquetas recién sacadas de los armarios. Entonces se desollaban los pies. Ponían discos en cuanto se despertaban y sacaban fuerzas hasta que se ponía el sol, en las habitaciones de casa, los talones y las suelas repicando, en el garaje, las pantorrillas tensionadas y los brazos enlazados, hasta que por la noche entraban en las pistas y se les hacía de día. Y los veías regresar desarreglados, con la ropa arrugada y el cuello torcido. Por lo demás ariscos, esquivos, distraídos. Nando y Caterina y su fuera de temporada. Conjuro, como lo llamaba ella.
—¿Conjuro?
—Prender fuego al alma, Muccio.
Después el tocadiscos volvía a girar normal. De nuevo se

fijaban en las cosas, ella como mucho contoneaba la cadera cuando oía una música en la televisión. Y él también, quizás una pierna o un pie por el pasillo, algunas veces una ráfaga de claqué, o un amago del salto Scirea. Nunca *country*.

Y los martes, cuando ella iba al curso de pintura vespertino y él la esperaba carcomiéndose en el sofá. ¿Qué has pintado?, la interrogaba en cuanto regresaba. Una naturaleza muerta. Ah, una naturaleza muerta. Y huraño la miraba mientras se quitaba los pendientes de amatista en el baño.

Los tiene en su mesilla de noche, junto al Maigret infinito y el pescador japonés que le regalaron sus compañeros por su jubilación. Hubo un tiempo en que también estaba el Tamara de Lempicka que ella había pintado: desapareció ese día de mayo.

La encontré yo, en el cuartito de la colada que comunica con el garaje. Había sido la vieja cocina donde su madre y su padre comían después de haberse trasladado desde Vergiano, antes de arreglar el resto de la casa: un agujero de tres metros por dos con un fregadero, una mesa y tendederos para secar la ropa. Ella añadió una artesa con pinceles y témperas de colores, las telas terminadas y plantas crasas. Y esos tinteros de finales de los años sesenta. ¿Por qué precisamente de finales de los años sesenta? Me recuerda a mis inicios de maestra joven.

Estaba tendida sobre las baldosas, la plancha cerca del hombro izquierdo: hacía una hora que no la veíamos. A Caterina siempre la oías, dando una voz a los vecinos, canturreando por la casa o con la manguera, o arrastrando las suelas.

Le habían quedado los párpados hacia arriba. El brazo izquierdo a lo largo del costado, el puño apretado. El derecho recogido bajo el vientre. En la tabla de planchar: una camisa.

Él lo dejó todo tal como estaba. Las témperas en la artesa, la caja con los tinteros, las telas, los hilos del tendedero, a pesar de que ahora tiende la ropa en la terraza. Ha añadido el cartel del Baia Imperiale de Gabicce, la Gran Gala.

Me ayudó a levantarla, a llevarla al garaje. Cuando la tendimos en el suelo, el colgante se le subió a la barbilla. Ahora está en el cofre de madera del despacho: una lámina de oro que representa el tercer ojo. Le pregunté por su significado y ella me contestó que era la parte que se compenetra con cada uno.

–La polla –le contesté.

–Tonto.

–¿Cuál es el tuyo?

Se quedó callada.

–Yo te lo diré: la paciencia.

–¿De verdad?

–Si te casaste con él...

–Ah, sí. –Se rio con ganas.

Después él se reunió con nosotros, con el paso apresurado, como si se hubiera perdido la fiesta.

–Bienvenido –le dijo ella.

–¿Bienvenido dónde?

–Al tercer ojo.

Y cómo la lucía, a la bella Caterina. Haberla conquistado y habérsela quedado era una medalla que colgarse en la pechera. ¿Y ella? Ella no se preocupaba del más, o del igual. Pero sí del menos: la vergüenza por algo que atrajera las difamaciones, un paso en falso, una tergiversación exagerada, que invalidaran sus proclamas libertinas. Mi pelo con rastas a los dieciséis años: «Estás feo, ¿no lo ves?». O las notas del boletín, siempre comparadas con las de los otros: «¿Qué ha sacado Walter?». Y con el anuncio de lubricantes para follar: «Evita decir que tú estás detrás, por favor».

En ambos casos: la lucha entre el aprecio de los que se salen de la ruta y el terror de la letra escarlata.

En el banco solo me conceden el préstamo si presento alguna garantía. Tenía la esperanza de que fuera suficiente con los documentos de la renta y mi histórica relación con la sucursal. Responden que depende de las condiciones actuales. Solicito hablar con el director, lo conozco desde hace años, me dan una cita para al cabo de tres días.

En casa anoto dos cuentas: si me pagaran todas las asesorías que vencen, podría ir tirando cinco meses, teniendo en cuenta el alquiler de Milán. Desde mi llegada a Rímini él insiste en pagar la compra, he impuesto que nos alternemos, en otro caso me habría ido.

–Quédate.

–Si dividimos.

–¿Y con el trabajo?

–Trabajo bien aquí.

Se acarició el bigote como si estuviera escuchando un relato intenso, o viendo una película de guerra comiendo regaliz. No sé de dónde ha salido, pero es así: guerra y regaliz.

Cuando la llevamos al garaje, la orina le manchaba el vestido color verde salvia. Él cogió la sábana que cubría las bicicletas y se lo puso por encima.

—Llamo a la ambulancia.

Sacó el teléfono.

—Yo me ocupo.

Se quedó en el umbral del garaje hasta que llegaron con las sirenas. Yo había salido para recibirlos y él volvió a entrar y se puso de rodillas para besarla en la frente.

Rímini, el tipo nuevo a quien desplumar. Después: Rímini, ese que nunca causa problemas. Después: Rímini, que el otro día limpió dos mesas de dos. Después: Rímini, pone cara de niñato, pero cuidado.

El día de la cita con el director del banco salgo a pie una hora antes. Se nota el bochorno del litoral, a las colinas no les da tiempo a refrescar el ambiente y el aire está impregnado de sal.

Bordeo el parque Marecchia, el río está de palique y las cañas se ven postradas tras la tormenta del otro día. Subo por la calle que da a la carnicería Pari y me quedo parado ante la señal de stop: es el punto de la Ina Casa donde se arremolina el garbino. Extiendo los brazos, el aire entra por debajo de la camisa y yo vuelo, el verano en Rímini solo existe en la costa y las calles sirven únicamente para llegar a la playa. Excepto por las voces: las radios de los porches, el trajín de las cocinas, el murmullo de la ropa tendida. El bullicio, las conversaciones que se intercambian de casa en casa y van detrás de mí hasta la explanada de la iglesia. Don Paolo me espera allí, con las manos en los vaqueros, sudando a mares; lleva puesto el Lacoste rojo y se me acerca como hacíamos cuando ella le confió que iba por el mal camino, y después cuando ella ya no estaba, los dos caminando toscos, con el chirrido de su mosquetón en el cinturón. Nos dirigimos hacia la Marecchiese, mudos también esta vez, entonces se lo digo:

—Nando sale a bailar por las noches.

—¿Lo sabes?

—Lo sé.

Y él me mira liberado, sujeta el mosquetón y acelera el paso hasta que llegamos frente al banco.

Es un cura al que le basta con un gesto: me deja en la sucursal y no insiste en acompañarme. Dice que estar solo es el undécimo mandamiento de Dios. ¿Y el duodécimo? «Métete en tus asuntos todo lo que puedas».

Entro, el director me hace pasar a su despacho y me ofrece café. Bebemos y me comunica que ahora la política de los recursos bancarios no admite excepciones, ni siquiera con los clientes históricos. Bastaría una firma de mi padre. Lo vio hace una semana en la cola de la ventanilla. Dejo claro que no hay que involucrarlo de ninguna manera.

Cuando salgo pienso en pedir ayuda a Lele, o a Walter, aunque ya está muy presionado con el local.

Sin préstamo, tendré que dejar Milán y vivir con él, vivir aquí, en esta calle, con el cemento y los parterres, con esta gente, las caras de la infancia y las músicas al amanecer, en la provincia que olvido siempre. Vivir aquí, en Rímini. Y camino turbado desde el banco hasta el casco antiguo, casi corro al entrar en piazza Malatesta, los pulmones se encogen y me bloqueo, me siento y jadeo, levantando el rostro al teatro Galli y a sus paredes anaranjadas. Vivir aquí. Y me queman los ojos, aun así sigo mirando fijamente el Galli. Por ella, a la que le hubiera gustado ver cómo había quedado después de la rehabilitación, enamorada de Riccardo Muti, y él, que le había comprado las entradas del concierto de Ravena con la intención de hacerse perdonar.

—¿Perdonar por qué? —le pregunté.

—Un calentón —dijo ella. Y lloró. No fueron a bailar ese fin de semana. La enterramos al cabo de un mes.

—¿Qué pasó con mamá? El calentón que arreglaste con las entradas para Muti.

Él hace memoria, aunque lo sabe perfectamente, apaga el televisor y se entretiene con el mechero.

—Un enfado.

—Qué enfado.

—Una cosa así.

Esconde el encendedor en el puño y mira al aire.

—Ella no lloraba por una cosa así.

Vuelve a poner la televisión.

—Se enteró de lo del gato y Pannella.

—¿Qué gato?

—Ese que estropeaba el arce en Montescudo.

—¿Y?

—Le disparé.

—¿A quién?

—Al gato.

—Estás loco.

Cambia de cadena, apaga de nuevo.

—Mamá encontró las manchas de sangre donde tenemos la mesa. Ya estaba nerviosa porque acababa de descubrir lo de Pannella.

–¿Qué había descubierto de Pannella?

–Le voté dos veces.

–¿Votaste a Pannella?

–En 1994 y en 1996.

–No me lo creo.

Sacude la cabeza.

–Me tenían harto.

–¿Y ella cómo lo descubrió?

–Yo se lo dije. Y lo del gato también. Nosotros no nos guardábamos secretos.

–Pero cómo se te ocurrió.

–Con la carabina, un disparo seco.

Pagan el trabajo a ciento veinte días. Pagan el trabajo a ciento ochenta días. No pagan. Tal vez él tenga razón: soy incapaz de ir a cobrar lo que es mío. Me encierro en mi habitación y llamo a mis deudores. Uno es la agencia de comunicación que me encargó el asesoramiento sobre el uso de monopatines de alquiler entre los usuarios de TikTok. El otro es una empresa de Crescenzago de bisutería cien por cien ecosostenible.

Solicito mis honorarios, en la agencia de comunicación repiten que dentro de unos días harán el abono. La empresa de Crescenzago está segura de que la orden de pago ya está en proceso. ¿Qué significa «ya está en proceso»? Que lo estamos haciendo. ¿Qué significa «lo estamos haciendo»? Hoy mismo, tal vez mañana. ¿Tal vez? Me aseguran que durante el día de mañana.

En la cuerda floja como en una mesa. Qué cansancio: el miércoles seiscientos llevados a casa, el viernes ochocientos de pérdida, después una buena mano, después una baraja mala.

–A ti te da miedo ganar, Sandro.

Las palabras de Bruni al principio, cuando todavía esquivaba el circuito fuerte.

Fue Nando quien me presentó a Bruni. Agosto de 2003. En la boda de mi primo, en Longiano. Antes de cortar la tarta apareció con ese tipo robusto de mandíbula rubicunda: me dijo que era el hijo de su excolega Maurizio, con quien estuvimos veraneando en 1979.

–No teníais ni un año y ya estabais siempre llorando, como dos posesos, los gemelos Frigna.

Y nos dejó en la terraza del restaurante, ninguno se acordaba de las Balze, pero Bruni estaba seguro de haberme visto en la playa número 5, en las redes de voleibol, el mes de agosto de la selectividad cuando él hacía de vigilante en la playa libre.

–¿Y después de lo de vigilante?

–Arquitectura, pero estoy a punto de dejarlo. De todos modos, trabajo en el hipódromo. ¿Has ido alguna vez?

Y oí su manera de chasquear el paladar.

–¿Al hipódromo? Una vez, pero era pequeño.

–Pagan bien. Me he pillado un Audi.

Nos quedamos en silencio, un silencio bueno, y Bruni se encendió un cigarrillo y me ofreció otro, y sentí que los hombros se relajaban. Dimos dos caladas y él exhaló el humo a la vez que su voz pausada:

–Ven el domingo, es el Palio. Es bonito, ¿sabes?

Después de cenar llama a mi cuarto y me pregunta si le he cogido la corbata de rombos.

–No te cojo una corbata desde hace veinticinco años.

–Entonces, ¿dónde la he metido?

Sale del cuarto y rebusca en los cajones, en el armario, en el otro armario, en el despacho, baja al piso de abajo y vuelve a subir, viene otra vez a mi habitación y está muy colorado.

−¿Seguro que no la has visto? La que tiene rombos.

−Mañana la encontrarás, cuando sea de día.

−Me la quería poner esta noche.

−¿Vas allí?

Choca los tacones.

−¿Vienes?

Al cabo de diez minutos estamos en vaqueros y camisa delante del espejo, sin corbata. Le saco una cabeza, me empuja por el hombro hacia abajo y yo flexiono las piernas hasta ponerme a su altura. Ahora nos parecemos: el pelo revuelto y el rostro huesudo, las cuencas de las órbitas.

−¿Has echado tripa, Nando?

La mete hacia dentro y silba. Luego va a la cocina y abre del todo el aparador, coge las pastillas del corazón y un sobre de analgésico, lo disuelve en agua y bebe. Vuelve a silbar y también después, cuando estamos a punto de subir al coche.

−Maldita espalda. Soy viejo.

−Esta noche, baile.

Se me queda mirando, buscando la verdad. Pero es la verdad.

Subimos al Renault 5, arranca despacio para que se caliente. Conduce suavemente incluso fuera de la Ina Casa, con una mano al volante y deslizándose en los stops hasta llegar a piazza Tripoli. Aparca de culo en oblicuo, su especialidad. Bajamos de un salto y nos dirigimos al Atlantide. Los neones resplandecen y el fulgor trepa sobre el tejado del edificio. Y brillan, el Atlantide y Rímini brillan.

La primera vez vas a parar ahí por casualidad. Una invitación, una ocasión fortuita, y te encuentras en medio. Te encuentras en medio de una mesa y sabes lo que hay que hacer. La sensación: haber aprendido algo sin que nadie te lo haya enseñado.

Me encamino el primero hacia la pista. Él me adelanta y hace los honores. Me indica un sitio en la cuarta fila y se pone delante de mí para que copie sus pasos. A mi lado tengo a una mujer de unos cincuenta años con botas y una camisa blanca dentro de los vaqueros de cintura alta. La canción empieza y mi vecina se lanza hacia la izquierda, él hace lo mismo. Yo le voy detrás. Y las veo y no las veo, esas piernas ligeras, los flecos de los chalecos de piel, los pantalones con vuelta, las caras marchitas por la excitación, aparecen, desaparecen, regresan de la noche intermitente del Atlantide: ¿es de verdad mi padre, este hombre con las caderas de mariposa?

–¡Vamos, Sandrin! –me grita mientras está en una media pirueta.

Y es él, yo sé que es él, y los dos somos *cowboys*.

Un síntoma del jugador: no dejar de pensar en ello durante todo el día. En el desayuno, en el trabajo, cuando estaba con Giulia. Esa sutil idea de una futura mesa, desenredando las cuentas para participar. No dejar de pensar en ello, como si fuera un juego.

Bailo cinco canciones y estoy a punto de dejarlo ya, pero mi vecina de fila me anima a quedarme. Se llama Lucia y es de Verucchio, viene ella sola una vez a la semana. Después de la segunda canción me ha avisado de los pasos cantándolos en voz alta.

–Socorro –le grito–. Estoy muerto.

–Tres meses para coger el ritmo –grita ella.

Él ríe y se queda.

Me alejo con mi John Wayne en la frente, voy al bar y pido un americano. Me siento en las primeras filas, él ha ocupado mi sitio en la pista y se alinea con Lucia.

La música vuelve a empezar y los dos van al unísono. Cómo sería él con otra. Cómo es sin ella. Y lo busco y Nando me busca, y me vuelve la timidez que tenía de pequeño.

Cuando estaban a punto de enterrarla, él desapareció. Al cementerio vinieron los alumnos de la maestra Caterina, ya mayores, y los amigos viejos y nuevos, pocos vestidos de negro. Había muchos tulipanes. A ella le gustaban.

Don Paolo y yo lo encontramos fumando detrás de la capilla central. Había terminado el cigarrillo y cuando volvimos junto a los demás ya se disponían a bajarla con las cuerdas.

Él fue hasta allí, estiró el cuello y preguntó si tapaban con mortero o encajando.

Baila dos canciones más y se despide de la música con una especie de media inclinación. Después, salimos del Atlantide.

Está oscuro, pero con la oscuridad de Marina Centro parece que sea de día. Estamos sudados y nos dirigimos deprisa al Renault 5, insisto en conducir, él titubea y acepta.

Nos metemos en el coche y recobramos el aliento, reclino un poco el asiento y él hace lo mismo. Tiene los ojos en la ventanilla, se masajea a la altura de los riñones, fuera está despejado y el letrero del bar Tripoli choca con el adoquinado. Voy a arrancar, se estira y me coge del codo. Se queda así, agarrándose con su apretón suave y los dedos fríos. Los aparta y me arregla el retrovisor.

—Ya no tuve ganas después de mamá.

Se abrocha el cinturón de seguridad.

Yo también me lo abrocho.

—Y tú, ¿has tenido ganas después de Giulia?

Pongo el coche en marcha.

—Lele quiere que me case con una tal Bibi.

—¿Y qué tal es?

—Yo tampoco he tenido ganas.

Estar a punto cada vez que se presentaba la oportunidad de entrar en una mesa. Recibir una llamada. O llamar. El frenesí de acumular el dinero en efectivo que se necesitaba para participar.

Mantenemos el asiento inclinado durante todo el trayecto y en cuanto llegamos a la Ina Casa reducimos la velocidad: vista desde aquí, la piazza Bordoni parece un anfiteatro, con sus caserones bajos y las ventanas encendidas que hacen de público. Le pregunto si me acompaña a comer una berlina al bar Zeta.

Vamos. Él no la pide, pero después sí. Da dos bocados y me la da, tiene el bigote cubierto de azúcar glas. Le saco una fotografía con el teléfono y se la envío sin avisarle, la ve mientras aparcamos debajo de casa.

—Mira qué cara. Soy viejo —dice.

—Va, para.

Se dispone a encenderse un cigarrillo.

–No me queda mucho, Sandrin.

–Para.

–Me lo dijeron en el hospital.

Octubre, noviembre

Él es Pasadèl: le endosan ese nombre a mediados de los años noventa, en el Dopolavoro Ferroviario, una asociación recreativa de trabajadores, después de verlo bailar en la fiesta de la Unidad. *Passatello*: tipo de pasta fresca delgada, de elaboración sencilla y rendimiento sustancioso. Nando Pagliarani es Pasadèl.

–¿Te molesta que te llamen así?

–Los *passatelli* hacen una buena sopa.

Lo ayudo a levantarse, se viste solo y va al cuarto de baño. Oigo que agita el frasco de la loción para después del afeitado y se rocía con ella, sale deprisa y dice que le apetece dar un paseo alrededor de la casa. Primero preparamos un té y unas galletas, picotea alguna. Bajamos y camina lentamente delante de mí, se para frente al huerto.

–Qué lástima, Sandro.

–Yo me encargo.

–No te gusta.

–Tú qué sabes.

–Anda ya.

–A las fresas les pongo lombrices, a los tomates ceniza con el fuelle, para la araña roja. Hay que plantar con la luna nueva.

Tiene poca fe. Quiere el sombrero de pescador, lo voy a buscar al garaje, se lo cala y el rostro le desaparece bajo la visera.

75

Hemos colocado dos sillas plegables en el borde de la tierra, una es de rayas marineras y es la suya. Se sienta.

–Déjame ver.

–¿Ahora?

–Sí.

Se preocupa por cómo cojo la empuñadura de la pala, como si fuera una raqueta de tenis. Cuando íbamos a los Internacionales empezaba con su letanía: «Mira a Rafa, la coge con una empuñadura semioeste»; «Mira a Roger, la agarra como le parece».

–Venga, déjame ver.

Me arremango el jersey y aferro la pala. Me pongo en posición bajo la hilera de calabazas.

–Los dedos más arriba, súbelos.

Los subo.

–Ahí, muy bien.

–Aquí.

–Ya verás qué tomates más buenos van a salir.

Sus piernas fuertes: seis de cada diez veces se sostiene por sí mismo. La otra noche, con Prince sonando en el tocadiscos, sacudió los pies. Hoy acepta el antiinflamatorio de refuerzo que le sugirió la oncóloga.

–Al final la doctora no es un basilisco.

–Es la médica más capulla de Italia.

–Nunca te lo he contado. –Está cansado y la voz se le queda en la nariz–. Era martes. Cuando entré en su consulta ni siquiera me invitó a sentarme. Y me lo dijo enseguida, lo de la enfermedad. Que la hinchazón de la tripa, los calambres en la espalda y la mierda blanca venían de ahí. Que se había esparcido. Estábamos ahí plantados, y la doctora sí que tenía cara de culebra mitológica. Pero al mismo tiempo transmitía ese tipo de calma, como si dijera: «Hoy hace mal tiempo» o «Necesitamos carne picada para las albóndigas». La buena calma.

–¿De qué buena calma hablas?

–Y yo salí del hospital y todavía sentía esa buena calma. Fui al mercado cubierto y compré boquerones. –Se pasa una mano por la cara y sonríe, como ante una historia sencilla–. Y después hice *piada*, cogí espinacas y cebolla, limpié los boquerones y los puse al fuego.

–¿Estaba rico?

–Por supuesto que estaba rico.

–¿Y después?

–Después te llamé por teléfono y estabas en el supermercado comprando congelados.

Hemos pasado las partidas a la tarde. Vamos veintiuno a diecisiete a su favor. Jugamos en la cama, a la escoba: él apoyado en el respaldo y yo sentado en diagonal. En medio tendemos bien la colcha para que las cartas no se levanten: las cartas levantadas es algo que nos vuelve locos.

La primera la gano yo. También me llevo la segunda, y él deja caer la cabeza sobre la almohada por la rabia. Cierra los ojos y empieza a quedarse dormido. Los abre de golpe.

–Las peleas se mantienen alejadas de Rímini, ¿eh?

–¿Qué peleas?

–Tus peleas.

–No hay ninguna pelea.

Coge la baraja y cierra los ojos, mezcla.

Hace dos meses me llegaron ocho mil euros a la cuenta. Recibí el mensaje en el móvil, lo comprobé y vi que había sido él. Lo encontré mirando la repetición del partido de Nadal contra Coria de los Internacionales de 2005.

–¿Qué es esto?

Y le mostré el mensaje del ingreso.

–Los intereses.

–¿Qué intereses?

–La rehabilitación de abajo.

–Ah, esos cinco mil que me devolviste al cabo de tres semanas. ¿Para una casa que arreglasteis para mí?

–Tráete a Bibi abajo.

–Quieres humillarme.

Él no ha apartado los ojos de Nadal.

–Quieres humillarme.

–Fíjate qué golpe de derecha tenía Rafa ya a los veinte años.

Acepté la invitación de Bruni para ir al hipódromo. Vino a buscarme a la entrada, me condujo a los monitores. Desde allí se veía la pista y la terraza con las mesas al aire libre. Su cometido era supervisar los acontecimientos y la preparación de los caballos. Me indicó el nombre de un purasangre en el monitor de la izquierda, Sunrise92.

–Hoy los focos están puestos en Sunrise, Sandro.

–¿Es bueno?

–Sobre el papel. Las buenas jugadas se concentran en los medianamente favoritos y en los que están mal situados. –Y bajó el dedo a la mitad de la pantalla–. Emmet88.

–¿Qué buenas jugadas?

–Apuestas.

–Apuestas.

78

—Apuestas.

Me acerqué al monitor.

—Ya me dirás si gana.

—¿No te quedas?

Había quedado con mi profesor de tesis, tenía que partir hacia Bolonia.

—Pero, oye, apuesta por alguno de todos modos.

—¿Dónde apuesto?

—Tengo un amigo. Cinco euros por nuestro Emmet, ¿te va bien? Está a seis, te llevas a casa unos ahorrillos.

—Y si no gana.

—Pierdes cinco y ya está.

Algunas mañanas me pide que abra las ventanas, aunque haga fresco. Octubre y noviembre son sus meses. El motivo son los caquis. De niño trepaba al árbol y arrancaba uno, se lo comía junto al nogal, mientras Mascarin le ladraba.

—Noviembre caquis, agosto mosquitos —murmura mientras le corto el pelo.

Le repaso la nuca, no se está quieto y le bloqueo la cabeza como una tenaza. Se frota en el punto del hombro donde le implantaron la vía para la quimio.

—¿Tú te habrías vuelto a hacer el tratamiento? —Levanta la nariz—. Podías seguir tirando tres meses más.

Apago la maquinilla.

—Tres meses y un millón más, ¿qué harías?

Sonríe.

—El gilipollas, como tú.

Los demás vienen a verlo: Lele, Walter, don Paolo. Saludan desde el fondo de la escalera y se van, o suben cuando está menos cansado, o un visto y no visto desde la calle si estamos en las sillas del huerto. Una tarde que se encontraron por casualidad se tomaron un café en la habitación de Nando. Y al vernos, él, yo, ellos, todo hombres, pensé que la intermitencia de la vida empezó en cuanto las mujeres salieron de nuestras historias.

Hoy solo viene Lele. Se queda un buen rato: hablan de cine, Troisi sí, Troisi no. Para Lele es el heredero de De Filippo, a Nando no le gusta ni siquiera *El cartero y Pablo Neruda*.

Sin venir a cuento sentencia:

–Gaetano Scirea.

Me comunica que ha dejado instrucciones al notario Lorenzi para el testamento, una formalidad. Y que quiere explicarme bien cómo funciona la caldera, el mantenimiento y las cosas que hay que saber para tirar del carro. De todos modos, en el despacho guarda el archivador «Vencimientos», donde está todo.

–Venga, descansa.

–¿Y no quieres saber nada del testamento?

Digo que no.

–Menos mal que ya no tenemos el bar America. Si no, menudo problema te dejaría.

–Me dejarías un trabajo.

No sabe si reír.

–¿Y la universidad?

–El próximo trimestre.

–¿Con qué sueldo?

–Quince brutos.

–Quince brutos. –Y se pone a hacer cálculos en su cabeza, dividiendo la cantidad por meses–. ¿Y la Nike?

–Te gustó la idea, ¿eh?

–Era buena.

–Todavía no me han contestado.

–Si no contestan, no pagan. Qué mierda de años.

–Y tú que te preocupabas por el vicio.

–Los cuatro cuartos del testamento. –Mira hacia fuera por la puerta ventana–. Por mí te los puedes pulir todos.

Los cinco euros que le confié a Bruni, para Emmet88. Mi mano abre la cartera y separa el fuelle, saca el billete y se lo tiende: estoy convencido de que los voy a perder. Pero en mi corazón siento que volverán, multiplicados.

Le cuesta comer. Philadelphia en un pedacito de tarta de almendra, medio trocito de pollo, unas galletitas saladas.

–¿Tú qué te has hecho hoy? –pregunta.

–Pasta.

–¿Pasta cómo?

–Al pesto.

–¿Has encendido el fuego con una cerilla?

–Con el mechero.

–Con la cerilla se cocina mejor.

–Anda ya.

–Mira que eres cabezota. Pobre Bibi.

–Si ella tampoco cocina.

–¿Y cómo lo hacéis?

–Vamos al restaurante.

–Sí, al restaurante. Qué desgracia.

Y ese pensamiento, después de haberle dado los cinco euros a Bruni para la apuesta: doblar la inversión. Y así fue: volví a abrir la cartera y le di diez.

Siempre cocinaban juntos, él en los fogones y ella entre la nevera y el fregadero. Se cruzaban en el mármol, al lado de la máquina del café: cortaban, descarnaban, despellejaban, condimentaban. El pescado lo hacía ella, los viernes. La carne, siempre él, en invierno en la Romaña se come carne casi todos los días. En cambio, con el calor, pasta a mediodía, y por la noche, verduras con brochetas de calamar. ¿Y la *piada*? La *piada* como el pan: ella era la única que la amasaba, sin manteca y con aceite de Montescudo. Él nunca metió la mano en eso.

Si no tiene crisis respiratorias o le duele el costado, los de paliativos vienen cada siete días para controlar y ajustar la medicación. Se ha cerrado en banda y no quiere volver a ponerse el elastómero para la morfina. Se la toma cuando la necesita. No quiere el antiescaras, no quiere las barandillas.

Esta vez vienen dos enfermeros y llegan dos horas después de que los haya llamado de urgencia: le duele la espalda por culpa de los ganglios linfáticos. Sufre sin una queja, los ojos de cristal, las piernas de madera. Anoche encontramos una buena posición jugando con la presión de las almohadas debajo del cuerpo.

—Ah, las almohadas —me dijo cuando ya casi amanecía—. Las almohadas y la vez que te moriste.

La vez que morí éramos siete, fuimos a la granja de Mulazzani, en la ladera este de Covignano. Era el equinoccio de primavera del último año de instituto. Tenía que entrar con otros dos en el cercado de la cerda y coger a uno de los cerditos. Cogerlo, sacarlo fuera, pasárnoslo y pedir una gracia a la Virgen. Antes lo sacrificaban, con el tiempo la cosa se ha ido calmando.

Entré en el cercado, cogí al cerdito, pero resbalé y la cerda cargó contra mí. Me sacaron por los pelos, perdí el conocimiento y al principio me tuvieron en reanimación. Regresé a casa al cabo de un mes, y él se quedaba en mi habitación con las almohadas, «¿Cómo las quieres?, ¿Te las pongo aquí?, ¿Te las pongo debajo o de lado?», hasta que notaba alivio.

–¿Y si me hubiese muerto de verdad, Nando?

Inclina la mano como si fuera a darme un revés: es su manera de moribundo de mandarme a la mierda.

Entonces empieza a decir:

–¿Qué hacemos?

Es la cantinela de algunos días, surge poco a poco y se va intensificando, «¿Qué hacemos?, ¿Qué hacemos?».

Las primeras veces le preguntaba a qué se refería y él repetía: «¿Qué hacemos?».

Es una de las preguntas que oculta la consciencia del final: lo dice la psicóloga del hospital. La insistencia dura una hora, dos, de vez en cuando me lo pregunta en un susurro, arruga la nariz y desinfla las mejillas. Se adormece. En cuanto se despierta la pregunta, acaba en los gestos: retuerce las sábanas, se viene arriba y vuelve a decaer.

Empieza de nuevo.

–¿Qué hacemos, Sandrin?

Le acaricio las manos.

–¿Qué quieres hacer?

–Maldita sea –resopla entre dientes.

La imprecación que escuchaba de pequeño, cuando las cuentas no cuadraban o se ensañaba con una raíz que quería sacar del jardín.

Dejé de jugar durante once meses. Después volví a empezar un viernes de abril. Era por la mañana y Giulia se había ido a trabajar. Todavía llevaba el pelo a lo bob, o tal vez no: las mesas siempre hacen que la confunda.

Llamé a la agencia para comunicar que no iba a ir a la oficina, me vestí y salí. Llegué a la plaza Loreto y saqué doscientos cincuenta con la tarjeta de débito, doscientos cincuenta más con la de crédito, separé los billetes por tamaño incluso antes de llamar y saber si iba a poder jugármelos en una mesa exprés.

Jugar en una mesa exprés: ninguna referencia, gente de paso, deuda imprevisible. Principiantes a los que desplumar y alianzas ocultas. Debacles y faroles sucios.

Saqué el teléfono e hice la llamada, ellos se tomaron su tiempo. Al cabo de veinte minutos contestaron y me ofrecieron una en la zona de Solari, la cita era dos horas más tarde. Doscientos para sentarse y después abierto.

Volví a casa, cogí nuestro talonario de cheques y los cuatrocientos en metálico que teníamos para emergencias.

El apartamento de Solari estaba en la via Montevideo, en un edificio con azulejos en el balcón principal. Ornamentos en la cornisa de la fachada y geranios rojos. Y Milán, que confunde los destinos de los individuos en la prisa de los demás.

Esperé en un banco junto a una mujer con un terrier en el regazo y vigilé la puerta desde lejos: el primer jugador se presentó con antelación. También se presentó con antelación el segundo. Nos une la debilidad: deambulamos, nos paramos atormentando la acera con las suelas, hurgamos en los bolsillos y sacamos los puños, los volvemos a meter en los bolsillos, fumamos masticando chicle.

Yo me presenté al cabo de diez minutos. Subí, saludé, me quedé con la cazadora puesta hasta que me ambienté, observé la mesa y los asientos, comprobé que la baraja fuera nueva y estuviera precintada. Me acerqué a los licores y me mojé los labios con un *amaro* de hierbas. Cuando se unió el cuarto jugador, cambié las fichas, tamaño pequeño y mediano.

Me senté, estiré las piernas para ver de cuánto espacio iba a disponer. Junto a mí se sentó un extranjero, tal vez ruso, con las cejas ahogándole los ojos. Empezó a hablar solo: acento áspero, sonidos guturales, insistiendo en alargar y retraer la barbilla.

Luego repartimos las cartas. El ruso siguió hablando solo, se calló, fumó. Perdí trescientos sesenta: me quedaban quinientos cuarenta en el bolsillo más el talonario de cheques cubierto por tres mil de la cuenta común.

Empezamos la segunda mano, mezclaron, me sirvieron una pareja de sietes, el ruso cambió tres cartas, completamos la ronda, el bote fue aumentando. A las doce del mediodía tenía a un veneciano con perilla y chaqueta de terciopelo, a las tres de la tarde a una chica de unos treinta años con unos minúsculos pendientes brillantes. Podría haberlos ganado para Giulia. Los efectos personales son mercancía aceptada.

Después de subir la apuesta fueron tras de mí, cambiamos las cartas y yo aposté, ellos siguieron subiendo la apuesta y yo también, antes de abandonar. El ruso ganó mil cuatrocientos, el veneciano contuvo los daños.

Jugamos una tercera mano que se llevó a casa un camaleón de unos cuarenta y cinco años, mudo, con unas gafas con montura de titanio. Camaleones: jugadores que se mantienen en silencio para ganar confianza con la mesa y se introducen en el momento justo para hacerse con todo.

Nos tomamos un descanso antes de la última mano. Me levanté y busqué la ventana, todos se levantaron, siempre buscaba la ventana durante las pausas. La de aquí se asomaba al parque, ya no se veía a la mujer con el terrier en el regazo y ahora el banco estaba vacío. En la mesa, la estela de los cigarrillos se elevaba de los ceniceros. Me quedé en la ventana, el ruso cambió más metálico, el veneciano se sentó en los sofás. El camaleón estaba ocupado con los licores, la chica se había apoyado en la pared y le daba vueltas a su reloj de pulsera. Me quedaban fichas por más de doscientos, suficientes para jugar y protegerme. Protegerse: capacidad de limitar el riesgo asumiendo pérdidas manejables.

Saqué el talonario de cheques, lo llené con otros mil ochocientos.

Ulula por la noche, ulula antes de la medianoche o inmediatamente después. Le afecta el cambio del día. Ladridos que se desdibujan en gorgoteos.

Las horas siguientes son inciertas. Duerme, o hace que le lea la primera página de algo, o está puesta la televisión, o pregunta por Bibi.

Esta vez quiere el álbum de fotos. Hojea las páginas, cuenta que su madre tenía una pequeña yegua blanca y una calesa para ir a dar una vuelta los domingos a San Zaccaria.

–Pagaría cien mil euros por volver allí.

Tose.

–¿Llevaba ella la yegua?

–Vendo esto y con cien mil euros vuelvo a la calesa con la yegua, uno de esos domingos.

–Demasiado poco, cien mil.

–¿Y tú?

–¿Yo, qué?

–Un recuerdo y cuánto pagarías.

Me río.

—Joder con los juegos.

—Los tuyos sí y los míos no.

Me tiendo en la cama y pienso en la respuesta, aunque ya la sé:

—Unos días antes de Navidad con Caterina en la cocina, sentado a la mesa. Soy pequeño y en el horno hay galletas con azúcar de colores, y ella susurra: «Mañana es la Vigilia, Muccio».

—Qué bonito.

—Cuando lo recuerdo me pongo contento.

—¿Cuánto pagarías?

—Cincuenta mil.

—¿Y por qué pagarías cien? ¿Por Bibi?

—Estás obsesionado.

—A mamá le habría gustado.

—Si ni siquiera la conoces.

—Como a la otra, a Giulia.

—¿Y ahora qué tiene que ver?

—Mamá estaba convencida de que nunca la traías porque sabías que te la habrías jugado hasta a ella.

—Pero si os la traje.

—Tres veces.

—¿Pues entonces?

—Pues que las cartas te quitan incluso el sentimiento por las mujeres.

Me arreglo la almohada.

—En cualquier caso: cincuenta mil por Bibi.

—¿Cincuenta por estos pocos meses de flirteo?

—Es guapa.

—¿Cómo de guapa?

Me estiro.

—Estoy bien con ella.

—Pues cien por Bibi. ¿Y cien más por qué?

–Mira que eres pesado, Nando.

–Venga. –Se envalentona–. Venga.

Miro al techo.

–Aquella noche durante la Notte Rosa, cuando me repartieron un trío.

–Ah.

–Sí.

–¿Y cuánto ganaste?

–No mucho. Pero me repartieron un trío.

–¿Y te han repartido un póker?

–Pues no.

–¿No te han repartido un póker? Cuatro bonitas cartas, te habría gustado.

–Ya.

–¿Le ha ocurrido a alguien que conozcas?

Asiento.

–A un tipo de Buccinasco.

–¿Y cuánto ganó?

–No me acuerdo.

–¿Estaba feliz?

–Tampoco es que nosotros estemos felices nunca.

–¿Vosotros?

–Deberías hacerte *carabiniere* y ponerte a interrogar ahí abajo, en la Destra del Porto.

–Venga, dime, ¿cómo sois?

Y me gustaría decírselo: somos los que estamos en medio de la vida.

Pero él está preocupado, se pone una mano en la boca y la aparta de golpe.

–Qué bonito que te lleguen cuatro cartas así por casualidad. Y comprar una buena ruina para reconstruir, con piscina.

–¿Qué tiene que ver la ruina?

—Es mi póker.

—Un ático en Buenos Aires, pues.

Alza la nariz.

—¿No era en Londres?

—También Buenos Aires es póker.

—Una tortilla de collejas.

—Las tetas.

—Las locomotoras que silbaban en la estación, y nosotros las oíamos desde los talleres. Tina Turner. La yegua y la calesa.

—Las cartas.

Se queda abatido.

—Ya lo sabía.

—Pues si ya lo sabías, ¿por qué me lo preguntas? Yo tengo las cartas y tú tienes la yegua.

—La yegua siempre a primera hora de la tarde del domingo.

Me levanto y lo ayudo a buscar otra postura.

Se agarra fuerte.

—Y algunas tardes era papá quien llevaba las riendas.

Después don Paolo llama a la puerta, es la segunda vez que lo intenta. Él lo deja fuera y al cabo de tres minutos mira por la ventana y ve que todavía está ahí.

—Déjalo subir.

Le ofrezco un café, Paolo lo rechaza y se desengancha el mosquetón de las llaves. Las deja encima de la mesa con la chaqueta y se encamina hacia la habitación.

Entra, da la vuelta a la cama y se sienta por su lado.

Me refugio en el salón, en la cocina, de nuevo en el salón, bajo al patio y levanto la cabeza hacia su cuarto.

Están juntos una hora. En cuanto acaban, Paolo se vuelve a colgar el mosquetón y se pone la chaqueta. Lo acompaño.

—¿Sabes qué me dijo Andreotti en una ocasión? Dijo: «Al final quienes tienen más fe siempre son los románticos».

—¿Nando, romántico?

—Pues tuvo el carné del PCI durante nueve años.

Cuando regreso con él ha encendido el televisor y va cambiando de canal, le duele el costado. Acepta la morfina y se me queda mirando.

—Le he preguntado a Paolo si es mejor ser creyente o creíble. Le doy cancha.

—Ninguna de las dos.

—Está convencido de que la encontraré, a mamá, me refiero.

Quiere ir a reunirse con ella: lo deja caer mientras está de pie y se encamina hacia el baño.

—Pero me voy a afeitar.

Preparo lo necesario y le traigo una silla, se apoya y se estudia en el espejo.

Mientras tanto voy a la habitación y cojo el cesto para poner una lavadora: solo queda limpio un pantalón y la camisa vaquera. Y también algo viejo que hay en el armario: un chándal, la chaqueta de pana, la sudadera de batalla. Le comuniqué que iba a volver a Milán a por la ropa, para pasar por la universidad. Busqué la carpeta con los informes médicos para llevarlos al IEO y al hospital Niguarda. No los encontré.

—Ve a Milán y ya está —dijo.

—¿Dónde los has puesto?

—Déjalo estar.

—Y una mierda lo dejo estar.

—Déjalo estar. —Con la voz baja—. Que en Milán no hay Adriático.

Vuelvo al cuarto de baño con él. Está inclinando la cara buscando luz: recorre el perfil de la nariz con el índice.

—Estoy gris. Quedémonos en casa.

Siempre jugábamos en casas distintas. Las habituales eran pocas, seguras, puestas a disposición por el circuito por rotación o por agentes inmobiliarios que no lograban alquilarlas y las cedían por un tiempo. Medio día, seis horas, una jornada entera. Pago al contado, más los gastos de limpieza. Via Vitruvio, via Fiamma, corso Vercelli, mejor la zona de Milán hasta la segunda corona, todas casi siempre vacías, aparte de la mesa, las sillas y un sofá. Después vino el apartamento sin alquilar de la via Bazzini, durante cinco meses: repisas de cerezo, bañera con patas de perro, papel pintado de rombos, gelatinas de azúcar en la sopera de plata.

Evitábamos los ruidos fuertes, las señales permanentes, entrábamos y salíamos de uno en uno.

–Jugabas porque eres así, Sandrin.

–Así ¿cómo?

–Así, un poco de aquí y un poco de allá.

–Jugaba porque me gusta y punto.

–Qué significa eso, a mí también me gusta jugar, pero no voy poniendo dinero.

–Porque nunca has tenido la oportunidad.

–Claro que sí. En Milano Marittima, los otros quedaban en el cobertizo y volaban los millones.

–¿Y tú nada?

–Yo tenía a las chicas.

Prefiere estar solo y no hablar con nadie. Pero depende del día: si le da por ahí, contesta a las llamadas telefónicas. A menudo escribe en el móvil. De vez en cuando pregona que va a venir un pariente lejano, viejos compañeros de trabajo. Hoy anuncia: vendrá un amigo de Cervia.

–¿Tú tienes amigos?

En una ocasión admitió que los había perdido todos después de casarse. Le quedó un partido de tenis con los del ferrocarril y las noches con los maridos de las amigas de ella. Se integraba, se convertía en el alma del grupo y, de golpe: ese tipo no me convence. ¿Por qué no te convence? Una sensación. El otro ya no me cae bien. ¿Por qué ya no te cae bien? Una sensación. ¿Ese otro es un falsificador? ¿Y tú cómo lo sabes? Una sensación. Y para sensaciones, todos estaban enamorados de su Caterina.

El amigo de Cervia viene de verdad y no se quita la chaqueta, tiene unas cejas de chica y un hablar oscuro. Lo llama por su nombre: Ferdinando. En un momento dado los oigo riéndose a carcajadas: ¿su alegría de cuando eran jóvenes?

Estaba en el tren de camino a Bolonia, sonó el móvil con un prefijo de Rímini. Contesté. Una voz me comunicó que había ganado sesenta.

–¿Cómo?
–Sesenta euros, querido.
–¿Oiga?
–Emmet88.
–Bruni, ¿eres tú?
–Hiciste bien jugándote diez en vez de cinco.
–¿Emmet ganó?
–Tú tienes un don, Sandro.

Su jersey de color óxido con parches que huele a loción de afeitado: me lo estudia puesto como cuando se lo birlaba de chiquillo.
–Y echa los hombros atrás, que estás encorvado.

Me enderezo. Me pongo frente a él y con una mano aliso la lana del pecho, de la tripa, de los costados, de los brazos.

–¿Me va estrecho?

–Te queda bien.

Me hace una señal para que me acerque. Se estira y me alisa el final de la espalda.

–Y Caterina, que lo tenía un día en remojo y mi olor no se iba.

Cierra los ojos.

–Hola, ¿Sandro? Tengo otro caballo para ti. Un soplo.

–Bruni, hola. Estoy en la universidad, ¿puedo llamarte más tarde?

–El favorito está tocado y no lo sabe nadie. Tengo a un irlandés que se lo va a comer.

–Pongo los sesenta que gané en el Diana. ¿Lo conoces? Los *tortellini* con salsa están de muerte.

–Mete veinte al irlandés. Es un soplo.

–No lo sé, Bruni.

–Con tu don, es una lástima.

–¿Veinte?

–Veinte.

Siempre se duerme hacia las ocho de la tarde y descansa a trompicones: dejamos las puertas abiertas y así, si necesita algo, lo oigo. También pide ir al baño, cambiar de posición, hace un mes quiso salir a la terraza cuando empezaba a refrescar.

Esta vez duerme de un tirón y yo también. Me despierto al amanecer y voy junto a él: está despierto y tranquilo, sin hacer nada, poniendo cara de haber estado de guardia toda la noche.

–Dos cosas, Sandro.

–Dime.

–Necesitamos ayuda, el enfermero de la via Dario Campana, porque tú estás cansado.

–No estoy cansado. Recobra el aliento.

–Y lo otro que quiero es llevarle flores a mamá.

–Yo se las llevaré.

–Yo también voy.

–¿Hoy?

–Mañana no voy a poder.

No tenemos prisa: nos ponemos el chándal, una pieza tras otra. Nos sostenemos por la escalera, subimos al coche. Está satisfecho porque vamos en el Renault 5. He abatido el asiento, compacta la almohada contra la portezuela, y cuando arrancamos y botamos con el desnivel del patio me hace la señal de OK con el pulgar. Acelero y el Renault 5 baila menos. Al final no ha querido llevarle flores.

Tardamos veinte minutos, me corrige porque corto las curvas, después llegamos y él enseguida se da cuenta de que Lele nos espera en la explanada del cementerio. Está apoyado en su Alfa Mito.

–Lo has importunado.

–Una ayudita.

Lele le abre la portezuela, coge la almohada antes de que se caiga. Ayudamos a Nando a salir y llegamos del brazo al promontorio de los nichos. Lo levantamos y subimos el tramo de escalera con él balanceándose.

–Lo siento.

–¿El qué?

Lele nos deja solos.

Lo llevo con ella. Le ayudo a sentarse, me quedo un poco atrás, él se sostiene la barbilla con la mano derecha, el codo apoyado en el apoyabrazos, la mira.

Cuando regresamos a casa, está exhausto. Le da tiempo a reparar en que me he dejado la luz del cuarto de baño encendida.

–Luego la apago.

–Siempre luego, tú.

No consigo prepararlo para la noche. Se derrumba. Tiene los párpados a la mitad y la voz es un arrullo. Lo tumbo lo mejor que puedo, subo la persiana y la noche entra con sus primeras luces.

Salgo y tengo ganas de cerrar la puerta, pero dejo una rendija. Me doy una ducha. Me caliento una *piada*, hay jamón y queso de vaca. Mastico y engullo, afuera los Sabatini están haciendo brasa, la humareda sube en círculos, la farola torcida, el cactus en el alféizar, nuestro estante. El molinillo de café allí de adorno.

–¿Cuánto le queda?

–Meses, probablemente tres.

A mí la oncóloga también me tuvo de pie en su consulta.

–Páncreas, como su padre.

–Nunca me lo había dicho.

Dio la vuelta al escritorio, se sentó y me invitó a hacer lo mismo. Yo me quedé allí, la pared color limón y al fondo la fotografía de un niño vestido de esgrima. Y sin ningún sosiego.

Tres meses. Hoy llevamos cuatro. Algunas noches él me habla de las luces de Navidad de los Sabatini: serían cinco meses, siempre que decidan montarlas con antelación.

Gané con Emmet88, gané con el soplo del irlandés. Volví al hipódromo, Bruni me hizo quedar en los monitores con él, estuvimos deambulando, me enseñó los establos. Esta vez la idea era un purasangre árabe. Si apostaba diez, iba a multiplicar por tres y medio. Y también estaba el danés de sangre caliente que daban por descartado: de diez habría sacado ciento veinte. Nos paramos en un box donde estaban masajeando la grupa de un caspio.

—Me la juego a los dos. Árabe y danés.

Bruni se me quedó mirando. Chasqueó el paladar.

—A ti te gustan las carreras.

—Si tuviera que escoger, prefiero las cartas.

—Ah, ¿sí?

—De niño jugaba con mi abuelo y siempre ganaba.

Hoy anuncia a otro visitante: Patrizia de Cerdeña. ¿Patrizia? Patrizia de Cerdeña. Conmigo siempre la ha llamado así. En cambio, para mis adentros la llamaba Patrizia-ducha-larga. No la veo desde el funeral de ella, un par de palabras al teléfono fijo mientras estaba en Rímini, una tarjeta de felicitación.

Llega después del almuerzo, con su capa y un regalo, los ojos llenos de miedo. Me abraza, olor a enebro y el traje de baño mojado bajo el chorro de agua. Un cosquilleo en la nariz. Verano de 1998.

Le digo que se ha quedado dormido, acepta un café. Es ella, esa chispa en su rostro, el jersey tenso sobre el pecho. Tiene la cabeza gacha, la levanta. Hablamos de nada, el perro con problemas en la cadera, la mudanza a Rímini desde Morciano, octubre que parece septiembre. Luego ella mira fijamente el recetario.

—El ragú de Caterina.

–Con su ingrediente atrevido.

–La panceta picada.

Me tomo el café.

Ella también se lo bebe.

–Al final tu madre se divirtió.

Se limpia la boca en el papel de cocina y sus ojos pierden el miedo.

Él la llama desde la habitación.

Me senté a una mesa en Brera con la mitad de los ahorros que Giulia y yo teníamos en nuestra cuenta bancaria para el futuro. Fue ella quien la llamó así al día siguiente de haber ido al banco a abrirla. Saqué el dinero en la sucursal una víspera de San Ambrosio.

La cita estaba fijada en el tercer piso de un edificio bajo junto a San Simpliciano, de fachada blanca, en una Milán con viudas en las ventanas.

Jugué con soltura porque no había incautos, sino solo gente del círculo de alto nivel: un lugar de encuentro entre amigos íntimos. ¿Íntimos de qué?

Me las apañé en las dos primeras manos, una doble pareja con un premio de mil doscientos, y una pareja de sietes que me hizo abandonar sin desangrarme. Luego el bote creció, primero perdí mil ochocientos y al final lo perdí todo con un pagaré de trescientos.

Se duerme y no llego a tiempo de recoger la cama: *Il Resto del Carlino*, la botella de agua, los cigarrillos y el cenicero, el disco de Celentano que le ha regalado Patrizia de Cerdeña. Han estado charlando durante cuarenta minutos.

Me duermo, me despierta su pie golpeando la cama. Lo deja colgando y comienza con el talón como cada noche.

No vuelvo a dormirme, me levanto y enciendo la luz. Alargo una mano hacia la mesilla de noche y la dejo allí, abierta, sobre los papeles con la planificación del anuncio del ruibarbo, la caja de galletas y la botella de *chinotto*. En el teléfono hay un mensaje de Bibi: prefiere que salgamos nosotros dos solos en vez de con Lele y los demás. Propone el sábado, no sé qué hacer con Nando.

El talón deja de golpear y él me llama.

Voy. Tiene la cabeza erguida y con una mano levanta la sábana, señala el pijama.

–Qué asco –susurra.

–Ahora lo limpiamos.

En el baño se desviste solo, yo le ayudo con los pantalones. Lo hago sentar en el compartimento de la ducha, él se agita y aparta el taburete de plástico.

–Me quedo de pie.

–Siéntate, vamos.

–Tenemos que poner esa cosa, Sandrin. Me meo encima.

–¿No dijimos que no usaríamos pañales? Siéntate.

Pero no se sienta, es testarudo. Le doy el gel de baño y espero a que el agua corra. Siempre se da cuenta de mi incomodidad. No muestro ninguna reacción y, sin embargo, me mira fijamente: sabe que mi desazón es la suya. El cuerpo desnudo, vacío, las venas en relieve, el vientre hinchado que sobresale del pubis: esa polla nudosa que ha sobrevivido al cáncer.

La primera vez que fuimos a Roma por el tenis fue el regalo anticipado de su sexagésimo sexto cumpleaños. Le había envuelto las entradas, él las desempaquetó y tardó un poco en darse cuenta de qué se trataba.

–La final.

Ella lo aclaró en mi lugar.

–La final –repitió él, estudiándolas mejor.

Luego las guardó en el cajón del salón, esperando a mayo. De vez en cuando las inspeccionaba, me reveló ella, y cuando llegó el momento, partimos en tren, él desde Rímini y yo desde Milán. Nos encontramos en Bolonia para continuar el viaje juntos.

Llegamos a Roma, él intentó cargar mi maleta en el metro y también en el camino a via dei Gracchi, donde había reservado el hotel. En la recepción especifiqué que era una habitación doble y él permaneció impasible, con el documento de identidad en la mano, mientras se enteraba de que dormiría en la misma habitación que su hijo.

Le dejé la cama junto a la ventana y él la probó sentándose, se apoderó del baño: puso en el lavamanos la loción para después del afeitado, el cepillo de dientes y el dentífrico. Sacó la ropa y la apiló, metió la maleta en el armario y se quedó de pie.

–Mantén el orden, Sandro.

–No empieces.

Cenamos en un pequeño restaurante de allí al lado, pasta a la carbonara y vino de las colinas, y al final achicoria salteada con guindilla, medio en silencio, hasta que nos levantamos y paseamos por piazza del Popolo con aire de víspera, a ver mañana, a ver qué tal será el partido. Y cuanto más de noche se hacía más me afloraba la timidez, al volver al hotel, subiendo las escaleras, entrando en nuestra habitación, el turno en el baño de él y cuando fue mi turno, al vernos en calzoncillos y camiseta en las dos camas separadas medio metro.

Fue entonces cuando llamamos a Caterina: «Todo bien, todo bien, aunque Nando se ha traído todo el armario», «Venga ya, pásamela, sinvergüenza». Después él se puso las gafas para estudiar el mapa de Roma y yo me quedé con el móvil, apagamos las luces y nos dimos las buenas noches con la farola de la via dei Gracchi entrando a través de la persiana, dibujando su silueta girada de costado, y luego boca arriba, con el pecho expandido y vaciado hasta que empezó a roncar.

Por la mañana, él estaba como en Val di Fassa, o en Cerdeña, o como aquella vez en Londres: con un aspecto asustado y aventurero, la mochila con los dos sombreros y el canguro, la camiseta de repuesto y las pastillas para el corazón en el bolsillo de los pantalones. Llegamos al Foro Itálico unidos, pero no sé explicar lo que significa «unidos»: brazo contra brazo, vigilándonos en la mínima distancia, yo dominando su prisa y él dominando mi calma.

Localizamos la pista central, nos acercamos y él se sobresaltó al darse cuenta de que los finalistas estaban calentando en las pistas limítrofes. Se abrió paso con la cabeza alta y las piernas esbeltas para ver si también había sitio para nosotros. Y cuando encontramos un lugar para sentarnos frente a Nadal, que estaba desplegando su derecha, él se quedó allí sentado con su mochila en el regazo, diciendo: «¡Qué pasada!». Me tendió un sombrero y se puso el suyo.

A las dos en punto subimos a la Central. El calor de primera hora de la tarde lo alarmó, buscó unos asientos casi en la parte más alta de las gradas. Vimos el partido sentados en el borde de nuestros asientos, con él enfurecido por los errores de Nadal, pero animando también a Federer en cuanto se dio cuenta de que le dolía la espalda. Y esa prisa que ya se había puesto en marcha: la prisa por volver a casa para contárselo todo.

–Qué asco –repite–. Me he meado encima, menuda guarra-
da.

Lo ayudo a salir de la ducha. Quiere sentarse frente al espejo. Antes, hace bailar el pie izquierdo, un saltito.

–Oh, oh, ahí está Pasadèl.

–Ya no soy capaz.

–El salto Scirea.

–Qué noche en la Gran Gala con mamá, en el Baia Imperiale de Gabicce.

Le seco la espalda, los hombros, el cuello, bajo hasta las lum-
bares y vuelvo a subir, mientras él se envuelve las costillas y el
abdomen con otra toalla. Esta vez no ha pedido música.

Dobla la toalla sobre sus piernas y forma un rectángulo.

–¿Sabes qué te digo, Sandro? Usaré el millón de euros del
juego para irme a Suiza y adiós muy buenas.

–Esto es nuevo.

–En serio.

–Con menos de un millón se puede morir legalmente.

Cojo el secador y le seco la cabeza.

–Sueño con tener el pelo así a los cuarenta.

–Y querían que se me cayera. –Se aclara la garganta–. Péi-
nalo hacia la derecha, venga.

En vez de eso se lo despeino, al estilo Volonté.

El Baia Imperiale, en Gabicce. La Gran Gala con ella. Cuando
él inventó el salto Scirea de Pasadèl.

Busco las fotos y no las encuentro. Le pregunto dónde las
ha puesto.

–Nunca existieron, Sandrin.

–Yo las vi.

–Nunca existieron: era mamá que contaba lo de la Gala

tan vívidamente que al final nos venían las fotografías a la mente.

Vuelvo a la sala, repaso los álbumes, nada.

Rotación de tobillo y bamboleo de cadera: era el entrenamiento de ella. Se ponía patas arriba y dibujaba círculos horarios y antihorarios con los pies, mantenía los ligamentos elásticos, calentaba los músculos. Para el bugui, para el *swing*. Moverse antes de que la música se mueva.

Y él: rotaciones de cadera con el *hula-hoop* invisible, aflojar el fémur y ajustar los huesos con precisión. Todo para voltear a Caterina de un lado a otro, tomándola de la mano y estirándola como un yoyó.

La noche de Ferragosto llamaron a casa para avisar de que, dado que su hijo no pagaba sus deudas de juego, tomarían represalias contra la familia.

Él me llamó al día siguiente a Milán y se comportó como si nada hubiera pasado, «¿Cómo estás?», «¿Qué tal te va?». Luego me llamó ella y me lo contó todo. Añadió: «Papá ha llorado».

–A ver, ¿cómo era la voz de la persona que habló contigo por teléfono?

–¿Nunca vas a dejar todo eso?

–¿Cómo era la voz?

–Amable. De un hombre.

–¿Amable cómo?

–Si no pagas, todos terminaremos mal.

–Venga ya.

–¿Cuánto dinero tienes que pagar?

–Ochocientos mil.

–Dios mío.

–Ya ves.

–Sandro, sé una persona seria.

–Soy una persona seria.

–Te doy el dinero si acabas con esto. Dime cuánto dinero tienes que pagar.

–Pero qué dinero.

–Dime la verdad.

–Basta.

–Te lo doy yo.

–¡Ya te he dicho que basta!

–¡Basta tú! –Y ella también lloró–. Tengo un hijo drogadicto.

Antes de dormir, oigo un golpe procedente de su habitación. Voy corriendo. Está agarrado a la cortina. De pie sobre una pierna, la otra la tiene recogida.

Le pongo un brazo debajo del brazo.

Me aparta, intenta enderezarse, la cortina se desprende y él cae.

Me agacho para recogerlo.

Se retuerce en el suelo, una cucaracha de espaldas. Se coge de la segunda cortina y hace palanca para levantarse. Los ganchos ceden.

–¿Qué coño haces?

Lo agarro, intento levantarlo.

Me aparta.

Lo vuelvo a agarrar y lo sostengo, se revuelve, lo arrastro hacia la cama. Tiene las costillas salientes. Lo apoyo con medio trasero en el colchón, me aparta las manos, me golpea el brazo, me aparta, me golpea.

–¡Oh! –grito.

Me golpea de nuevo.

–¡Oh!

Lo inmovilizo, pero él extiende una mano y trata de abofetearme.

Me levanto, me tambaleo y choco con la mesilla de noche, me apoyo en la pared y en la estatuilla del pescador japonés, mantengo el equilibrio.

–¿Qué coño haces?

–Voy a la cocina.

–Pero ¿adónde coño vas?

Arrojo el pescador al suelo. Los cascotes suenan y él levanta el cuello para ver si ha pasado de verdad, y en cuanto lo entiende, se derrumba. Luego vuelve los ojos hacia la puerta y me ve salir.

Después de hablarme del diagnóstico, la noche de los vaqueros, se sentó en los escalones de casa. Se metió las manos en los bolsillos y se quedó allí, con las piernas estiradas y el cuello de la camisa mal colocado.

–Qué bien se está aquí a la bartola, Sandrin.

Lo dejo entre los añicos del pescador. Salgo de casa y conduzco, me tomo una cerveza en el bar Sergio, otra, como patatas fritas y un crocanti de almendras. Han cambiado la tragaperras por dardos electrónicos. Juego una partida: de los cinco lanzamientos, tres no dan en el tablero por medio dedo. Uno de los viejos lo ve y se pone de nuevo a leer el periódico.

Cuando regreso hay luz en su habitación. Subo y me asomo: está sentado en el suelo, con la espalda apoyada en el colchón. Extiende el brazo y trata de recomponer el pescador.

–Tíralo –murmura–. Tíralo todo.

Me acerco a él y esta vez se deja coger. Lo levanto, lo pongo en la cama.

–Antes quería cocinar algo.

–¿Qué querías cocinar?

–Pichón. Hay uno congelado.

–De modo que estabas de buen humor.

Después se duerme.

Pongo los pedazos sobre la mesa del despacho, el Loctite solo servirá para pegar los grandes. Cuando termino el trabajo, el pescador japonés está cojo de brazos y de un trozo de manto.

Sé que morirá y eso me hace sentir alivio.

–Sandro, le ganabas a tu abuelo en las cartas porque tienes el don.

–Pero ¿qué don, Bruni?

–Ya te lo dije: las cartas. Es mejor que los caballos. En los caballos mandan ellos, con las cartas mandas tú.

–Pero yo no sé cómo va.

–Que sí que lo sabes.

–Que no.

–Tampoco tienes que ser un experto. Tu don, Sandro. Escúchame. Juegas una y ves cómo sale.

–¿Una?

–Una.

–¿Y cuándo?

–Déjame ver y te hago una llamada.

Por la mañana ya no me atormento más por él: no me pregunto si sucederá hoy, mañana, dentro de unas semanas. Desde hace un par de días me despierto y miro por la ventana: los mirlos silban junto al faro que llama desde el Adriático. Me visto e intento que coma. Una galleta, tres sorbos de té. Va al baño solo, vuelve a meterse en la cama.

Le digo que quiero salir durante una hora antes de que llegue el enfermero.

—Hay niebla en el mar.

Él está contento.

—Salúdala de mi parte.

Cuando vuelvo a casa, el enfermero todavía no ha llegado. He alargado el camino para estar fuera hasta el último momento: he pasado por el quiosco y por el bar Zeta donde me he tomado un *brioche* salado con atún y huevo. Me lo he comido allí mismo, hojeando *La Gazzetta dello Sport*.

Le llevo *Il Resto del Carlino* y le paso el parte: la triste marea, la neblina y Gattei que se ha puesto como un tonel.

—¿Has visto a Filippo Gattei?

—El arquitecto.

La incredulidad le hace ladear la cabeza. Me pregunta si había algún alma caritativa que recogiera a las pobres mujeres. Me invento que había mucha gente, él cierra los ojos y estoy seguro de que ve la baba del mar: así llama a la película de sal que hay en la orilla por la mañana temprano. Una sustancia viscosa, antes de que los pies se hundan, con la negrura del amanecer sobre la superficie del agua y las gaviotas sobrevolándola en silencio. Quién sabe por qué en Rímini las gaviotas nunca gritan.

Y comprendo que tiene la esperanza de ir a la playa, qui-

tarse el jersey y ponérselo encima de un hombro, engancharse
las zapatillas en el cinturón de los pantalones y pisar la orilla.
—¿Estás en la playa, Nando?
Aún tiene los ojos cerrados, y asiente, y yo rozo la planta de
su pie con la palma: «La baba del mar», digo.

Sus golpes contra mí, la noche del pescador japonés roto: débiles, precisos, malvados. Me toco el hombro, donde él golpeaba
mientras trataba de llevarlo a la cama. La furia por la condena
a muerte.

Por la tarde me llega un posible trabajo para un champú anticaída para hombres. Están trabajando en un relanzamiento y
quieren una campaña en radio y televisión. Han desarrollado
un preparado proteico para incrementar la densidad, han eli-
minado los parabenos y cambiarán el envasado de rojo a blan-
co. Me piden que acuda a la oficina de Milán, aclaro que estoy
fuera de la ciudad y solo puedo hacer una videoconferencia.
Acordamos día y hora. Es uno de mis campos: el mascu-
lino. Trabajo bien con los hombres porque trabajo bien con
el desconcierto. El león sin melena, la voluntad de control, la
urgencia de escapar de la decadencia: en publicidad lo llaman
«*target* emocional».

El enfermero se llama Amedeo y con treinta años ya es padre
de dos niños. Nos lo cuenta como si fuera una referencia. Se
acerca para acoplarle la vía intravenosa.
Él lo mira fijamente.
—¿Por qué hiciste dos?

–¿Y a ti qué te importa? –intervengo.

–Quería un niño y una niña.

Amedeo manipula el set de infusión. Está cachas, pero es delicado, y sus mejillas tienen la palidez de una chica. Está a punto de levantarlo.

Él se agarra a su cuello con ambas manos.

–¿Y te salió un niño y una niña?

Responde que no mientras lo levanta, parece avergonzado por haber confesado una debilidad. Vuelve a colocarlo en la cama como se coloca a un recién nacido en la cuna.

–¿Y cómo te sentías mientras te daban las cartas?

–¿A qué te refieres?

–Cómo te sentías, en ese momento.

–Tranquilo.

–¿Tranquilo?

–Tranquilo. Con ganas.

–Curioso.

–Con ganas.

–Explícate.

–Como si te dieran un regalo envuelto.

–Estabas emocionado.

–Como si te dijeran que hay una hermosa ruina para renovar por dos liras. Pero tienes que ir allí y renovarla.

–Pero eso también me cansa.

–A mí recibir las cartas también.

–¿Recibir las cartas también te cansaba?

–Sí.

–¿Y después de que te dan las cartas?

–Después ya veo lo que tengo que hacer.

–¿Y sabías de inmediato si tenías pocas posibilidades?

–Solo tienes que impedir que se te note.

–Así es como comienza un farol.

–Eso es.

–¿Y qué combinación tenías cuando comenzaste un farol con pocas posibilidades?

–Ninguna.

–¿Ninguna ninguna?

–Ninguna ninguna.

Se queda callado.

–¿Y por qué lo empezaste?

–Un farol lo empiezas sin más.

–¿Por qué empezaste en general?

–¿Y tú por qué te enamoraste de mamá?

–No sé. Porque era ella.

–Eso es.

Amedeo se marcha y él no consigue dormir. Quiere que vaya a buscarle los vinilos al salón. Son unos cuarenta: los saco y con cada uno sentencia los que sí, es decir, los que vale la pena guardar porque se revalorizarán, y los que no, es decir, los que deja a mi criterio. Reñimos sobre Zucchero y los Matia Bazar, por los que se muestra poco entusiasta. Patty Pravo y Venditti están bastante blindados. Los únicos con los que no hay duda son Dalla y Tina Turner: hay que guardarlo todo, guardarlo para siempre.

–¿Y Guccini?

–Para don Paolo.

Era a ella a quien le gustaba Guccini. Igual que lo de salir los sábados por la noche, al principio. Y lo de los saltos. A él le costaba apartarse del mundo de Caterina y hacerse uno propio. Le encuentro una palabra secreta, el primer año en Milán, mientras trabajo en un anuncio para el Circo Barnum: el amaestrado.

Un destino dócil. Que deja a los demás el escenario abierto, los zapatos brillantes, el atrevimiento por las cosas alocadas. Después del infarto, todavía más. Y los amigos comunes, en las cenas, siempre se dirigen primero a ella y discuten solo con ella.

Tengo nueve años cuando la oigo gritar: «Pues, entonces, salva ese bar America, Nandino de Ravena».

Nandino de Ravena. Pero después empiezan a bailar.

Al amanecer él no está en su habitación. No está en la cocina, no está en el cuarto de baño. No está en el salón. Está en el huerto. Ha arrastrado la silla de playa hasta la tierra y se ha sentado. Sostiene una paleta y hace el gesto de trazar un surco hacia el olivo.

–Tienes frío.

–Las calabazas, acuérdate, de dos en dos. Una de un lado y la otra del otro.

–Vamos, que tienes frío.

–Y la vid hay que podarla en enero. Y clava bien la azada.

–Venga, ven.

Dice que no y en cuanto levanta la cabeza su cara es la de siempre. Lo dejo estar, vuelvo atrás y cojo una manta de viaje del garaje y se la dejo en el apoyabrazos de la silla. Me detengo en la esquina del muro: está tan delgado que incluso de espaldas parece estar de perfil.

El trabajo del champú anticaída no llega a buen puerto. Habrían preferido que me presentara en Milán como siempre para la reunión inicial.

También me preocupa la universidad: me juego el trimestre porque no puedo garantizar estar allí. Llamo y me aseguran que puedo posponer un mes el inicio de mi curso. Clases dos días a la semana repartidas durante todo el semestre, o concentradas en cinco días a la semana.

Cuelgo y me paso el móvil de una mano a otra, releo el mensaje de Bibi: «Te llevo a cenar al local de Walter, ¿te apetece? Una velada de azul Francia».

El azul Francia de Bibi. Está convencida de que logré seducirla gracias a un *blazer* de ese tono, en la segunda cita. ¿Es suficiente un *blazer* azul Francia contigo? Un *blazer* azul Francia y las manos grandes.

Me lo pongo, tiene una mancha en la manga. De modo que pruebo con el abrigo color petróleo de lana hervida, lo llevaba en la universidad y todavía me cabe. Lo saco del armario y me lo pongo, voy a su habitación para despedirme y él me estudia. Se sujeta al respaldo para incorporarse, Amedeo acude, pero él lo aparta y se derrumba. Allí, tendido, sigue mirándome, y yo comprendo que se trata del bolsillo izquierdo, que está mal doblado. Pienso en ponerlo bien, pero decido acercarme para que le basten dos dedos para hacerlo él mismo.

Tengo siete años y hemos ido a la ferretería que está al lado del puente de Tiberio. El chico está terminando de despacharlo al final del pasillo de las pinturas. Hay un expositor al lado de la caja con una decena de llaveros, y cada llavero tiene el emblema de una marca de automóviles: Ferrari, Lamborghini, Porsche, Fiat, Alfa Romeo. Me acerco y cojo el Alfa, es satinado con incrustaciones rojas. Me lo quedo en la mano, lo meto en los vaqueros. Él se acerca con el chico y le meten en una bolsa los pinceles y el rodillo, paga y salimos.

Subimos al coche y durante todo el viaje siento el bolsillo pesado y valioso, y en cuanto estamos en casa voy a la habitación, cierro la puerta y saco el llavero. Me he salido con la mía desde el principio: si me hubiesen descubierto, ¿habría empezado todo?

Los juicios de ella: veredictos en cascada. Hablando de fulano: bah. Hablando de mengana: bah. No actúes como fulana. No actúes como mengano. Tú eres mejor que fulano. Ella es peor que mengana. Su nariz se hinchaba de presunción.

Y él se retorcía con los labios apretados mientras ella continuaba. No explotó hasta los últimos tiempos:

—Caterina, Dios y la Virgen.

—¿Qué tienen que ver Dios y la Virgen?

—Te dieron la boca para hablar.

Salgo para encontrarme con Bibi. Me olvido de él si mi ausencia es breve: cuando voy a la compra, a la farmacia, al quiosco. Pero si estoy fuera más tiempo, me viene la imagen de la habitación en penumbra, el talón golpeando la base de la cama, su perfil huesudo. Esta vez pienso en el mechón: le cae en mitad de la frente.

Llego al local de Walter con antelación, el verano ya está olvidado, pero él resiste y se las ingenia con la terraza y las estufas de exterior. Bibi aparece por el crepúsculo, con la bufanda hasta los ojos, observa mi abrigo. Me busca, pero yo agacho la cabeza y entonces ella se desenrolla la bufanda y se gira hacia el canal con las barquitas cubiertas con lonas. Después viene, me encaja la cara debajo de la barbilla y nos quedamos un rato así.

Tras cenar vamos a su casa y follamos, y ella siente que soy malo y me deja hacer. Al final me sostiene las sienes entre las palmas de sus manos y las mantiene así hasta que me echo a llorar.

A Bibi también le hago el juego de los años de menos y el millón de euros de más. Quiere saber las respuestas que me ha dado él: con su padre en el campo, en Ravena, la Tina Turner de verdad cantando en el salón.

–Yo en Bormio, en el *camping* con mi abuela, a los catorce años.

–¿Tu abuela te llevaba de *camping*?

–A un bungaló.

–¿Y con el dinero?

–¿Un millón de ahora o dos mil millones de la época?

–No empieces tú también.

–Acláralo.

–Un millón de ahora.

–Pues entonces me compro una casa en Canadá. Bañera de mármol y con vistas a los bosques.

–Y te despides.

–Ni muerta. Allí hay ciento cincuenta y ocho especies de bracónidos que poner en el microscopio.

Vuelve a vestirse, no es una invitación, pero está claro que quiere que me vaya. Me lanza la camiseta y se queda en el fondo de la habitación.

—Llévalo a Ravena. —Casi lo murmura—. Al campo donde estaba con su padre.

Cuando regreso a casa está despierto. En la cocina, Amedeo toma notas en su diario de a bordo: no ha habido anomalías. Ha intentado convencerlo para que vuelva a ponerse el elastómero, pero él no quiere saber nada de eso. En cambio, ha pedido el pañal por iniciativa propia y se ha descargado con los laxantes. Han visto *Match Point* y ninguno de los dos se ha dormido.

—No nos ha convencido el final.

—Nunca le convence ningún final.

—¿Tú has visto *Match Point*?

Asiento con la cabeza.

—Pues, perdona, los investigadores saben que ella estaba embarazada cuando la matan. Es el móvil para arrestar al asesino y amante, ¿no? —Se dispone a despedirse, da marcha atrás y vuelve a la cocina, abre el armario donde guardamos los medicamentos. Añade dos frascos—. Esto es por si tiene dolor fuerte, treinta gotas, además del Fentanyl. Hoy le he dado quince. Este otro es para que pueda dormir bien, cuarenta gotas.

Después Amedeo se marcha y él me llama. Ha oído la conversación.

—Está claro que el amante es el culpable, incluso la policía lo ve. —Tiene la voz áspera, se estira para beber agua—. ¿Cómo es posible que no lo arresten?

Me tiendo a su lado.

—¿Sabes?, Nando, Bibi me gusta.

La llamada de Bruni llegó un miércoles: tenía una mesa para mí.

–¿Una mesa?

–Las cartas, Sandro.

La cita era el sábado, en el edificio con la gran adelfa, en los Padulli, el barrio de Rímini que está al oeste de la Ina Casa. Cien euros, con fichas, gente de fiar. Él también estaría.

–¿De verdad que estarás tú también?

–A la fuerza.

–¿Y juegas?

–Los maestros de ceremonias no juegan.

–¿Cien euros como máximo?

Después Bruni lo dijo: ya verás qué bien te irá.

Por la mañana se pone de pie él solo. Quiere el jersey que huele a loción de afeitado y quiere ponérselo sin ayuda. Para los pantalones del chándal acepta un tironcito en los tobillos. También quiere los zapatos, se los ato.

–¿Cómo estás hoy?

–Sí, hoy sí.

Desayunamos, permanece con la espalda recta y tiene el rostro ceniciento. Se come una rosquilla y bebe té de pie, apoyado en la encimera. Observa los cacharros apilados al lado del fregadero.

–Todo está por en medio. –Va a los vasos, los tarros de las especias, los fogones–. Déjame ver.

Señala la caja de cerillas.

–¿El qué?

–Si te quemas.

Pongo las rosquillas en su sitio y el cazo con el té, lavo mi taza y la seco. Tomo la caja de cerillas, saco una y la raspo, la cabeza se enciende.

–Te quemas.

La llama se extingue a mitad del palo, él sigue mirándola como si aún estuviera encendida. Luego se acerca y toma una cerilla nueva. Se la aproxima al rostro, la examina, como si buscara una imperfección, el palo, la cabeza, la sostiene y sale de la cocina. Va al pasillo, va hacia las escaleras. Baja el primer escalón, lo sostengo por debajo del brazo hasta que estamos frente a la puerta. Lo dejo un momento y regreso con las chaquetas, él ha salido en chándal, lo cubro mientras cruzamos la explanada del exterior del garaje, dobla la esquina y llega al huerto. Se detiene frente a las coles. Se deja caer en la silla, desde arriba es un garabato de cabellos.

Todavía tiene la cerilla entre el pulgar y el índice, intenta encenderla en el brazo de la silla, se le cae y se agacha para recogerla, yo también me agacho y se la doy, y en cuanto la coge, comienza a llorar. Las cuencas de sus ojos son violetas y el otoño huele a leña, como cuando de niño se hacían pilas de madera antes de la helada. Le seco una mejilla, tiene el aliento caliente.

–Vamos a Ravena, Nando. Te llevo a San Zaccaria.

–El huerto, Sandrin. –Sorbe por la nariz–. Quema el huerto.

Evitaba las mesas con billetes en lugar de fichas: las apuestas eran brutales. Evitaba los lugares con más de una mesa a la vez. Evitaba la modalidad de Texas: jugadores hijos del *online*, a menudo indiferentes al encanto de una ronda ajustada. Buscaba los horarios de la Milán vertiginosa: toda esa gente, esa inercia que ayudaba a tapar la espera hasta la hora de jugar.

Cuando podía, preguntaba si habría tapete verde: el fieltro contra el dorso de la mano, el roce con las muñecas al examinar las cartas.

No se aleja de la parte del huerto que está junto a la vid.

–Vamos a San Zaccaria, Nando.

Me mira con los ojos como platos.

–A San Zaccaria.

–Sí.

–Han hecho la carretera nueva.

Le seco también la otra mejilla. Está fría, presiono con la palma y la mantengo así. Lo ayudo a levantarse y lo acompaño delante de casa.

–A San Zaccaria es mejor que no, Nando.

–Como quieras.

Busca el garaje.

–Vayamos, sí.

–*Nòna biènca.*

La *nòna biènca* es una vieja a quien, en Rímini, todo el mundo conoce. A cada pregunta respondía con un no que después se convertía en un sí. ¿Quieres sandía? No. Venga, dame una tajadita. ¿Vienes a la playa? No. Tal vez una horita. ¿Cenamos juntos con los tíos? No. ¿A qué hora voy? Y así todo. Tenía el pelo cano y no sé cuántos nietos.

–Ocho nietos –aclara él en cuanto cogemos la Adriática hacia Ravena.

Está repantingado entre las almohadas y con dos dedos recorre el cenicero y la guantera. Están brillantes, al igual que el pomo del cambio de marchas, la palanca del salpicadero y las alfombrillas: hemos hecho lavar el Renault 5 en la gasolinera Q8 de la Marecchiese, hemos cogido la manta de cuadros y hemos ajustado el botón rojo de la radio.

–Pero la verdadera *nòna biènca* era mamá –dice.

–Los sábados.

–Siempre. No solo los sábados.

–Yo me acuerdo de los sábados. ¿Vas a bailar, mamá? No, no voy a ir.

–Y, al final, en la pista como un clavo.

Se queda callado, igual que yo, y llegamos a la altura de Cervia con ese silencio que grita a duras penas, lo disfrutamos. Entonces él confiesa que una tarde ser la *nòna bìènca* lo salvó.

–¿Cómo?

–Con una mujer.

–¿Cómo?

–Estuve a punto de decir que sí, y al final no. Bordeamos Cervia.

–¿Ya estaba mamá?

Se incorpora y acerca la cabeza a la ventanilla para ver las salinas. La carretera es una lengua y corta los estanques hasta tierra adentro. Se va adormeciendo. Las piernas se le balancean en las curvas, todos esos claqués y valses y músicas de pistolero.

Se incorpora a doscientos metros del cartel de «San Zaccaria», provincia de Ravena. Mira la bifurcación que se sumerge en el pueblo, novecientas almas y ahora la suya: se estira, una mangosta a la caza, se agarra a la manija del techo y desenrosca el cuello para meterse en las eras, en el bar con los viejos detrás de la cristalera, el monumento a los caídos y el supermercado Crai que de pequeño era la lechería con las hostias de azúcar.

Me pide que aminore delante del círculo de los republicanos. Está igual que siempre: el símbolo de la hiedra en la fachada, solo un poco más desvaído, las ventanas y la puerta peladas pero íntegras.

–Aurelio Pagliarani.

Pronuncia el nombre y el apellido de su padre y sonríe.

Pero no lo hace con amargura, es solo un recuerdo, y los ojos se quedan en el símbolo de la hiedra y de ese pensamiento: su padre, elegido secretario de la sección republicana y el descubrimiento de un agujero en las cuotas a dos semanas de ocupar el cargo. Aurelio Pagliarani denuncia ese desajuste. Pocas decenas de liras, nadie acusó a nadie, un descuido mínimo, un error heredado en las cuentas.

–No estaba tranquilo. Abría una y otra vez los libros, por la mañana, por la noche, se echaba a los campos a dar golpes con la azada. –Mastica la saliva–. Seis meses después estaba en la caja.

Nos metemos por via del Sale, vivían por la mitad, en la casona de ventanas verdes. Aparco delante de la puerta de hierro: todavía está deshabitada, después de que se la vendieron al vecino. La hierba está alta y en el patio hay dos cosechadoras y un tractor aparcados. Una enredadera cubre el pozo, más adelante comienza el campo.

–Allí es donde estábamos con el abuelo. –Lo señala. Está labrado y seco–. Y allí enganchábamos la calesa a la yegua blanca con mi madre, los domingos.

–¿Y los árboles frutales?

Mueve el dedo hacia el este, más allá del cobertizo donde guardaban la maquinaria agrícola y las básculas para pesar el ganado. Donde estaban los melocotoneros han plantado manzanos, altos como una persona. Llegan hasta la zanja de drenaje. Levanta un dedo y pellizca el aire: un sastre de la Romaña remendando la memoria.

Bruni me dijo que me esperaba fuera de la casa, en el patio con la gran adelfa. Subimos y saqué los cien euros en la puerta. «Con calma, Sandro». Y me presentó a los demás.

—Señores, el hombre del don.

Pero no gané. Defendí los cien euros con una pérdida de siete euros. Después me quedé mirando cómo jugaban los demás, tomándome dos amaros. A última hora me despedí y me marché de la casa de la adelfa.

Y una vez en la calle, me lo dije: se me da bien.

No quiere parar en el cementerio de San Zaccaria. Pasamos junto a él y cuando salimos del pueblo se queda dormido. Duerme, se despierta, duerme, se despierta, Milano Marittima, Cervia, Cesenatico, los nombra cada vez que abre los ojos y reconoce dónde estamos. Antes de enfilar el descenso hacia Rímini dice que le gustaría ver el mar.

—¿No es mejor mañana?

—Háblame de Bibi.

Pero luego nos quedamos callados, el Renault 5 zumba con fuerza y entramos en la ciudad, él se recuesta en la portezuela hasta que llegamos al puerto.

Se yergue, me mira.

—Cuéntame si ríe.

—¿Quién?

—Bibi.

—Sí que se ríe.

—¿Y cómo se ríe?

—Se le hace un hoyuelo aquí.

Le toco la mejilla izquierda y aparco en la Palata. Han quitado la rueda panorámica y los barcos pesqueros están atracados a pesar de ser por la tarde.

—¿Cómo es posible?

Se dejar ir contra el reposacabezas.

—Habrán pescado mucho.

-¿Cómo es posible, mamá y yo, el mes después de que terminara la temporada, todas las noches a bailar, el conjuro?

-La crema de árnica para el dolor de piernas.

Echa el cuello hacia atrás y vuelve a recuperar la posición.

-Nosotros, el baile, Sandrin. Tú, las cartas.

-Lo mío es otra cosa.

Se rasca el mentón.

-Al final, todos somos libres, ¿no?

Un barco pesquero espumea por la popa, lo sueltan del bolardo mientras bajo la ventanilla y canto *Aria di mar arriba a me e non te ne andar*, aire de mar, ven a mí y no te vayas. Él me busca, un gajo de luz le señala la frente.

¿No soy mejor yo? ¿No es mejor estar juntos? ¿No es mejor que me folles? ¿Y la temporada que teníamos que pasar en Lisboa, no es mejor? «Mejor» fue la última palabra entre los dos.

Cuando Giulia descubrió el agujero en la cuenta en común, no le aseguré nada, no quiso que le asegurara nada. Vino a recoger sus cosas mientras yo estaba en la oficina.

¿De verdad llevaba el pelo a lo bob? Al principio le llegaba a la espalda. Tal vez ni una cosa ni la otra. Era morena, era azabache. Las manos finas de pianista: tocaba porque su madre quiso. Me llegaba al pecho, o al cuello. Y la nariz, la boca, cómo eran, también tenía un lunar en un pómulo. Giulia, el fantasma.

Los fantasmas. Ella, quien fuera antes que ella, y los amigos y los colegas, los transeúntes, los conocidos, incluso los de Rímini. Todos en una nebulosa. Y allí, aparte, muy nítidos, la mesa y el resto de nosotros. Los jugadores.

Permanecemos en el coche delante de la Palata: los barcos pesqueros han zarpado y los únicos que quedan son la furgoneta de golosinas y las gaviotas en el monumento del ancla.

Suelta que quiere estar de vacaciones. ¿Y dónde quieres estar de vacaciones? Se muestra indeciso, entonces le anuncio que estamos en Cerdeña. En Cerdeña ya hemos estado. ¿Y en Salento? Sí, en Salento sí, ¿y cuántos años tenemos? Tenemos veintiún años, Nando. ¿Por qué precisamente veintiuno? Veintiuno. Le toco la cabeza para decirle que nos ponemos un panamá y le toco los hombros para decirle que vestimos con camisa de manga corta. ¿Y los cigarrillos en el bolsillito de arriba? Y los cigarrillos en el bolsillito de arriba porque somos los zánganos de Salento. Se acerca a la ventanilla, está empañada y pasa la mano para limpiarla, se vuelve hacia mí:

—¿Y a quién se le dan mejor las chicas, Sandrin?

—A ti se te dan mejor, pero voy chupando rueda y al final remato yo.

Se ríe y tose.

Entonces digo:

—En Rímini, Nando, estamos de vacaciones en Rímini. Con todas esas alemanas y las pistas de baile.

—Con todas esas pistas de baile.

En 2007 descubrieron el primer agujero: faltaban doscientos euros en la caja fuerte. Hablaron de ello en la cena conmigo delante. «Contamos mal, Caterina». «Sí, contamos mal, Nando, estamos torpes». Así que decidí no devolverlos.

Al cabo de dos semanas tomé prestados trescientos, los devolví a la mañana siguiente después de la partida. Dos meses más tarde, otros ochocientos prestados, devueltos a la mañana siguiente. Una semana y trescientos prestados, devueltos a la mañana siguiente. Luego doscientos más, y cien, y seiscientos. Todos devueltos al día siguiente o en un plazo máximo de seis días. Luego perdí cuatro mil en una mesa de juego en Pésaro, de los cuales novecientos eran suyos. No pude devolverlos.

Esperé, pero nunca hablaron de ello. En ese momento ganaba un sueldo de mil cuatrocientos euros, me apreté el cinturón durante dos meses y ahorré mil euros. Me los jugué en una mesa de aportación media y gané cinco mil doscientos. Demasiado tarde para devolver los novecientos de Pésaro. Pero los devolví.

Esa misma noche vinieron a mi habitación: «Sandro».

Entonces un trimarán regresa a puerto, él baja la ventanilla y saca una mano fuera como si lo saludara. Abre y cierra los dedos apresando la brisa.

–Vas a coger frío.

–Dale recuerdos a Montescudo de mi parte.

Pero no estoy seguro de que lo haya dicho y, como no contesto, él se vuelve hacia mí.

–Dale recuerdos.

–Volveremos.

–La piedra que cogimos tú y yo en la iglesia. Está junto al cobertizo de las herramientas, tapada con la carretilla y la hiedra, que no se te olvide. La tortuga.

–Es demasiado larga para hacer una tortuga.

Mascula algo, pero no se oye. Espera a que me acerque y lo repite:

–Está en el cobertizo de las herramientas, ¿entendido?

Asiento.

–La cogí para ti.

Se apoya en el asiento, me hace una señal de que quiere ir a casa. Regresamos deprisa y presiento que será su última noche. Lo llevo a la cama y lo cambio, le abotono el pijama. Lo cubro con la manta hasta el estómago, le cojo el pie y lo saco despacio. Lo dejo colgando a un lado. Me quedo de rodillas.

Solo una vez me marqué un farol arriesgado: en la via Maroncelli, en el tercer piso del edificio con querubines en la puerta. Milán en enero, despejada de papeles de regalo y secreta por las nieblas densas.

En la mesa somos cinco, pagos en efectivo o garantizados al cabo de dos días: cuatro mil para sentarse. Conmigo hay otro tipo con referencias directas, luego un jugador esporádico presentado por gente de confianza, también hay un pringado y un camaleón en su primera batida milanesa.

El pringado es un asesor fiscal que después de convertirse en asesor fiscal heredó una pequeña empresa farmacéutica en la zona de Piacenza: no se queja en ningún momento, siempre paga lo que debe, siempre va perdiendo, siempre lo tratan con guantes de seda. El camaleón es un fanfarrón de unos cuarenta y cinco años, hijo de un notario que le transmitió el vicio: el padre lo avala, aunque no directamente, pero es suficiente para que el notario todavía siga en el circuito. En caso de no existir una garantía de sangre, alguien del circuito tendría que presentarlo, como sucedió conmigo: yo tengo a mi director ejecutivo, un consultor financiero que abrió la agencia publicitaria donde trabajo. Se encariñó conmigo después de haberle hecho ganar una licitación publicitaria sobre herbicidas en mi primer año de empleo. Estima, confidencias, cenas en Milán, una cena en su casa de Monza con su esposa y Giulia, etcétera.

La otra persona con referencias es un exentrenador de fútbol. Y el jugador esporádico es un tipo que emigró a Londres e hizo fortuna con un fondo de inversión: cordial, siempre a punto de sonreír, con la camisa de una talla más y el pelo cortado a cepillo.

Reparten las cartas, no tengo nada en la mano. Cuando cambio no me entra nada nuevo. Es evidente que el pringado trama algo, porque sube la apuesta con fruición y es extraño que el londinense y el camaleón abandonen primero uno e inmediatamente después el otro. Sospecho que los tres se han puesto de acuerdo para dejar que el asesor fiscal saboree la victoria a cambio de un porcentaje. El exentrenador se da cuenta y abandona enseguida.

Me encuentro ante una encrucijada: me voy o juego el golpe del conejo, el gran farol. El conejo sale bien si se insinúa de manera natural. La única manera de hacerlo es sin darse demasiada cuenta de que se está haciendo: apostar reduciendo los tiempos muertos, sin velocidad ni relajación. Ser agresivo, controlar las propias cartas, bajarlas y mantenerlas así, administrar las fichas, que significa empujarlas hacia el bote sin hacer teatro.

El bote sube a diez mil trescientos. El pringado y yo volvemos a apostar. Y otra vez, y en cada ocasión imagino en mi cabeza que añado un ladrillo a un templo inca en construcción. Es una imagen que me despega y me aísla del contexto: parezco tranquilo, las facciones de la cara no se alteran y no me hierven las mejillas.

Continúo así hasta que visualizo el templo inca edificado en sus tres cuartas partes: aprovecho el deseo de verlo completado, respondiendo con decisión a la apuesta del pringado. No dudo porque quiero que el templo esté terminado. Llegamos a dieciocho mil y pico de bote.

Lo veo, el pringado me sigue, el templo inca está finalizado y ahora vemos las cartas. Antes de mostrar las mías pienso en cómo lo voy a hacer para tapar el hoyo que estoy a punto de cavarme: pedirán el dinero que falte a mi director ejecutivo, que me lo quitará del sueldo, y faltará más que tendré que pedir en Rímini.

Le damos la vuelta a las cartas: él tampoco tiene nada. Pero yo tengo corazones. Y los corazones ganan. Me llevo a casa casi diecinueve mil.

Al día siguiente, Giulia dice: «Tú juegas».

Su pierna pende de la cama, tiene el tobillo marcado de venas azules. Yo soy quien lo mantiene aquí, vacío, agonizante. No puedo llorarlo todavía y lloro por eso.

Con él nunca nos decidimos a quitar su autorización de mi cuenta corriente. Después de los desfalcos a la caja fuerte fue al banco y pidió que le imprimieran los movimientos. Una media de veintisiete reintegros al mes en los últimos diecisiete meses, ingresos considerables en metálico cada cuarenta días. Según el director de la sucursal: un movimiento de caja digno de una pequeña actividad comercial.

Durante la noche respira mal: hace apneas largas, el aire sale con un silbido de sus labios y borbotea.

Aparecen los quejidos: una cantinela que sale arrastrándose de la boca y vuelve a entrar, un canto animal en la selva.

Se pone bien en la cama levantando los hombros, los baja, los levanta. Lo llamo por su nombre, los quejidos vuelven, digo su nombre.

Antes del amanecer golpea la mesilla de noche con el brazo. La lámpara se desploma sobre la moqueta y el brazo se queda colgando. Tiene los párpados cerrados y el estertor es un soplo de aire. En la muñeca se ve una sombra: sangre.

Le doy la medicación, no se mueve, dice algo. Un hilo de saliva le va hacia el cuello, se lo seco y le arreglo la almohada, lo coloco de manera que los brazos bajen a lo largo de los costados. Aparta uno.

–Nando, estás aquí.

Aparta el otro también.

A media mañana tiene los ojos abiertos y los pasea por la habitación hasta que me localiza. Se mira la muñeca con la tirita, se vuelve hacia la mesilla de noche. Mira de nuevo la tirita, se calma mientras le subo la sábana.

–¿Qué estoy haciendo aquí?

–Tranquilo.

–¿Y cómo puede ser lo de mamá?

–¿El qué?

–Que se fuera antes que yo.

Le cambio la tirita porque la sangre ha traspasado.

–Nos lo dijo en Montescudo la noche de las luciérnagas, ¿te acuerdas?

Hace un gesto de que sí lo recuerda.

Le aparto el mechón de la frente.

–Las cartas, lo supo por ellas. ¿Te acuerdas de aquella noche?

–Recuerdo que Caterina se ensombreció y que había luciérnagas.

Y ella vino al sótano a tiro hecho y me encontró. Pero ya no era un niño, Giulia todavía no estaba y ellos habían descubierto el saqueo de la caja fuerte.

–Muccio, ¿estás aquí?

Hizo saltar la puerta plegable y me oyó en la esquina detrás del perchero. No encendió la luz y avanzaba a tientas, se sentó en el zapatero bajo. Nos quedamos así, con la respiración sutil y el silencio más que silencio, y en un momento dado ella dejó incluso de respirar. Y yo le grité que debía irse, y cuando me quedé solo me agarré a las chaquetas que colgaban del perchero y sentí la necesidad de decírselo: mamá.

El costado le está martirizando y quiere levantarse, no lo consigue. Vuelve a tumbarse y gira la cabeza hacia un lado. Una arcada le atraviesa la garganta. Le pongo el balde debajo. No le sale nada. Vuelve a echarse sobre la almohada, le seco el bigote.

Llamo a Amedeo: me aconseja que haga venir enseguida a los de cuidados paliativos. Él se pasará al día siguiente por la mañana, pero tengo que avisarlo si aparecen contracciones musculares.

–¿Qué tipo de contracciones?

–Espasmos, calambres. A veces el músculo se mueve sin que él se dé cuenta. Mañana a las ocho estoy ahí.

Su voz es un silbido.

–Ven ahora.

La mía también es un silbido.

–¿Cómo?

–Ahora.

–Ahora no puedo.

Aprieto el teléfono contra la oreja.

–No aguanto más, Amedeo.

–Estoy en el hospital.

–No aguanto más.

Es un silbido muy sutil:

–Esta noche hacia las nueve. Iré un par de horas.

–No aguanto más.

En la mesa: parecer una cosa y ser otra distinta. ¿Es este el don?

Aviso al equipo de paliativos. En esta ocasión también acuden dos personas. El hombre lo visita y yo me quedo a los pies de la cama. La mujer me comunica que van a añadir morfina, además del Fentanyl. Se la suministran y la cara se le afila, antes de quedarse dormido le da tiempo a decir: don Paolo.

Don Paolo llega cuando los de paliativos todavía están aquí. Se queda en la puerta, lo mira dormir y espera a que los médicos se vayan.

Entra con cuidado, se acerca a trompicones, se sienta a su lado, le roza la cara con la suya. Lo acaricia sin tocarlo. Después alza una mano y lo bendice.

La mesa de la via Cartoleria de Bolonia decidió que yo siguiera jugando. Éramos cuatro, me había sentado con novecientos euros en metálico. Esta mano y lo dejo del todo, la promesa: y jugué con descaro, como en según qué despedidas. Y resulta que gané cuatro mil ochenta.

Amedeo se presenta antes de las nueve. Susurran en la habitación.

Cuando se reúne conmigo en la cocina deja la mochila encima de la mesa, la abre y saca el DVD *El club de la lucha*.

–Tu padre ha escogido a estos, que están mal de la cabeza.

–Nada menos.

–También podía haber elegido *Minority Report* o *Matrix*.

–No me lo esperaba de ti.

–¿Y qué te esperabas?

–No sé, ¿*Notting Hill*?

Se me queda mirando por encima de las gafas.

–Vete, anda.

El primer descalabro fue en el apartamento de Missori que daba a la gasolinera. Todos éramos jugadores convocados en el último momento.

La televisión está encendida de fondo. Antes de empezar voy a la ventana y miro abajo: farolas alrededor del cartel de AGIP, una paloma blanca posada en el tejado de la gasolinera. Tengo la sensación de que se trata de un buen presagio. Un bote de cuatro mil y pico. Tengo en la mano una pareja de damas. Juego con precaución y en un momento determinado subo porque me apetece. Llegamos a once mil trescientos. Decido subir de nuevo: acerco al bote mi montón de fichas con el índice y el pulgar, el meñique está ligeramente abierto y tiembla, se cierra para no chocar con las demás fichas. Después la mano se aparta y el movimiento es de excesiva cautela, lento, tímido, abortado, que abandona mis fichas lejos de las demás. Prudencia excesiva: ahora saben que mis cartas son débiles.

Mantengo la posición y espero la mano, subo raudo para compensar. Si abandono, pierdo demasiado: ellos lo saben y también suben con rapidez. Y otra vez. Superamos los quince mil. Dejarlo ahora no tiene sentido, pero lo dejo. Me levanto y vuelvo a la ventana, la paloma sigue allí. En la mesa suben tres veces más y ven las cartas: uno tira un gran farol. El otro, una pareja de sietes. Tendría en el bolsillo más de dieciséis mil euros.

Espero a que Amedeo ponga *El club de la lucha* para bajar al patio y entrar en el garaje. Desde 1994 guardamos las llaves del Renault 5 en el bote vacío de aguarrás. Las cojo, arranco y lo saco. Él estará aguzando los oídos y tal vez se alegre por su Milva desentumecida por sorpresa. Milva: era el nombre que un día le puso, por el tono de la carrocería, exactamente igual .que el cabello de la cantante.

Conduzco hacia los Bastioni y la circunvalación, el hospital, Rímini con su iluminación de cortesía: llego al edificio de Bibi y llamo.

Está preocupada porque no me esperaba y ni siquiera se le pasa cuando nos ponemos en el sofá y la tranquilizo.

Nos tomamos una cerveza y vemos un trozo de *The Crown*. Alrededor del televisor la pared está llena de cómics y fotografías: ella entre unas iguanas en las Galápagos, ella cabeza abajo durante el curso de acrobacia, el border collie que tenía de pequeña, litografías con tinta de insectos exóticos.

La follo con furia, le aprieto el cuello.

–Eh –me dice cuando hemos terminado.

–Tengo que volver a casa.

Pero no vuelvo a casa. Cojo el paseo marítimo de Marina Centro, lo recorro hasta Miramare y regreso, apostando que el Renault no silbará en la rotonda del Grand Hotel. Lo mantengo a más de setenta, las ruedas rechinan y el volante es ligero, no corto la curva.

Llego a la piazza Tripoli y reduzco frente a la tienda de golosinas que todavía tiene la persiana subida: envoltorios con regaliz cuelgan del techo al lado de las nubes y los ramos de rosas de azúcar. Un pakistaní va limpiando con un trapo y está pendiente del televisor que cuelga de la pared. Hubo un tiempo en que eran los hijos de los riminenses quienes llevaban las tiendas de la playa, en verano y también cuando terminaba, a veces por la noche cuando sus viejos estaban cansados y necesitaban un relevo para cerrar la jornada y las persianas. Después los padres se jubilaron y sus hijos se fueron a trabajar fuera de Rímini, dejando la costa a los forasteros y al letargo prematuro.

Le doy la vuelta a la piazza Tripoli, aparco delante de la iglesia y apago el motor. Aquí está todo cerrado y con la llegada de octubre la sala de baile vuelve a ser un cine. El letrero está encendido: ATLANTIDE.

Recuesto la nuca en el respaldo. Los *cowboys*, digo. Y mi voz en el habitáculo es de metal: los *cowboys*.

Empecé a jugar fuerte dos años después de mi bautizo en el edificio de la adelfa. Es 2005, una mesa en Cesena: se necesitan al menos dos mil para entrar. Es la época de Navidad. Propuesta de Bruni a media tarde, algunas horas para pensarlo: acepto. Gano cinco mil doscientos con un trío y hago algo que no se repetirá nunca más: una demostración de alegría, con el puño en alto a media altura.

Ganar en el debut en una mesa importante marca la pauta: el treinta y siete por ciento de los buenos inicios en el juego echa raíces. Principalmente en la corteza prefrontal, que es el área del cerebro que se activa con los estímulos de adrenalina. Los síntomas de la activación aparecen al cabo de medio minuto de recibir el estímulo: presión en el esternón, temblor en la cavidad del brazo, falta de salivación, palpitaciones, intensificación de la conductancia cutánea. Los mismos del enamoramiento.

Me marcho de la piazza Tripoli y regreso a la tienda de chucherías del pakistaní. Compro cocodrilos de goma y lentejas de chocolate, las ingiero como si fueran cacahuetes. Me lo acabo todo antes de subir al coche.

Después conduzco el Renault 5 hasta casa. Cuando llego el motor no ha silbado ni una vez y la luz de la cocina está encendida. Subo, Amedeo está en la mesa escribiendo su diario de a bordo. Me informa de que la respiración durante el sueño se nota alterada, algo normal que en algunas fases puede asustar.

–Se ha pasado *El club de la lucha* durmiendo. Tal vez hubiera sido mejor *Notting Hill.* –Se levanta de la silla y arranca un papel de cocina. Me limpia la boca de azúcar–. Veo que tú también has tenido una noche escalofriante.

–¿Ha preguntado por mí?

Sacude la cabeza y ordena su estuche de blísteres y frascos. Es tan meticuloso que orienta las etiquetas de manera que se puedan leer a primera vista.

–Amedeo.

–Qué.

–Gracias.

Se pone la cazadora.

–De noche cierra los ojos y baila. Me lo ha confesado antes.

Se despide y sale de casa. Sube al coche: tiene cuidado

cuando aprieta el acelerador de su Toyota Yaris, por miedo a despertarlo.

Respiración alterada durante el sueño. Se atasca en el diafragma, se libera cada dos expansiones de la caja torácica.

–Estoy aquí –susurro–. Soy yo.

No se mueve.

–Estoy aquí.

Le aprieto el brazo y él se vuelve a quedar dormido. Me siento en la silla de mimbre, me adormezco, me despierto de nuevo. Hacia medianoche la respiración se vuelve regular y el cuerpo se relaja.

Me voy a mi cuarto, me desnudo, me pongo la chaqueta del chándal: lo oigo desde mi cama. Ronca y cada tres o cuatro inspiraciones hace una apnea, sigue respirando. Estoy a punto de dormirme y una bocanada lo hace toser, me levanto.

Voy con él, me acerco. El pecho sube y baja, y el perfil se distingue por la luz que entra del pasillo. El pie derecho todavía está fuera de las sábanas, capturando el frescor.

Me echo a su lado, él desaparece bajo las mantas. Dormimos.

Me despierto al final de la noche: sigue en la misma posición y pienso en mi madre, me agarro al cabezal de tela detrás de mí, tal vez ella también se agarraba a él, cuántas veces se habrá agarrado.

Tengo once años y es verano. Él y yo estamos en la playa, hacia las ocho de la tarde, ella está en su curso de pintura. Le gustaría comprar *pizza* en el puesto que hay en el paseo y volver al parasol a comerla. Nos encaminamos hacia allí cortando la playa desierta y en un momento determinado, en una hamaca, nos fijamos en unas camisetas y, encima de las camisetas, en unas gafas graduadas y unas gafas de sol. Pasamos de largo, él se para y da media vuelta hacia las camisetas y las gafas. Dice que las de sol son unas Persol plegables. Mira a su alrededor: no hay nadie, a excepción de los socorristas que empiezan a recoger, empezando desde la orilla. Se acerca a la hamaca y las coge. Me hace una señal para que me apresure. Camino con la cabeza gacha, mis pies demasiado largos, y los suyos, venosos, el esfuerzo por seguir su paso, el bolsillo hinchado de sus pantalones cortos.

Llegamos al puesto, pedimos, hacemos que nos envuelvan las *pizzas* y regresamos por el paseo. Recorremos la pasarela de la playa número 41 y llegamos a nuestro parasol. Antes de sentarse saca las Persol del bolsillo y las envuelve en la toalla, hace una pelota y la esconde en la bolsa de la playa. A continuación, empezamos a comer y yo busco la hamaca de las camisetas: está a veinte metros en diagonal, como y la miro de vez en cuando, hasta que una mujer y una niña salen del agua y van hacia allí. Cogen las toallas, la niña se agacha, coge las gafas graduadas y se las pone. La mujer se seca la cabeza, se agacha y levanta las camisetas, se agacha más, busca debajo y al lado. La niña también se pone a buscar.

–Cómete la *pizza*, Sandro.

Me como la *pizza* y observo a la mujer y a la niña, que se dirigen al socorrista. Hablan, llevan las toallas y las camisetas colgando del antebrazo. Después se acercan hacia nosotros.

–Ya vienen. –Me sale la voz entrecortada.

–Cómete la *pizza*.

Bebo un sorbo de Coca-Cola, él bebe cerveza y cuenta que

todavía se acuerda del gol de Schillaci de la noche anterior contra Uruguay, un gol bonito de verdad; mientras tanto la mujer ha dejado a la niña atrás y ya está llegando a nosotros.

La mujer nos hace un gesto.

–Buenas tardes.

–Buenas tardes.

–¿No habrán visto a nadie cerca de aquel parasol? –Lo señala con un dedo.

Yo sacudo la cabeza.

–Acabamos de llegar de la pizzería, lo siento.

–Tenía las gafas de sol allí y ahora ya no están.

–Lo siento. –La *pizza* le cuelga de las manos.

–Gracias de todos modos.

La mujer se despide, y también nosotros, la niña está petrificada y no se mueve hasta el último momento.

No hablamos, damos un mordisco, él deja la *pizza* en la bandeja y toma un trago de cerveza para bajar el bocado.

–Qué gol, Schillaci, ¿eh? –repite.

Quiero irme a casa, pero tenemos que aguantar cinco minutos más para no levantar sospechas. Después nos levantamos, tiramos la bandeja y las latas en el bidón, y nos encaminamos al coche. Él conduce lentamente hasta la Ina Casa, aparca en el patio y apaga el motor. Tamborilea con los dedos en el volante.

–¡Eh, Sandrin, mira que hemos tenido suerte de encontrar las Persol plegables en la arena!

Es entonces cuando las saca y se las prueba.

Jadea al amanecer. Deja de respirar. Lo sacudo, vuelve a jadear, lo incorporo para que esté sentado.

–Eh –grito, y lo vuelvo a tender, decido llamar a una ambulancia.

Se me queda mirando, pero no me ve.

–Nando. –Tengo un brazo alrededor de su cuello–. Nando. Le aparto el mechón de la frente. De la boca exhala un hilo de aire.

Cuando ella bailaba con otros, a él le salía un eritema en la espalda.

–Es una broma –le dije cuando me lo contó.

Ella se reía y me hacía jurar que no se lo diría. Se lo juraba, pero los domingos por la mañana buscaba el borde de su cuello enrojecido.

–Debes bailar solo con él –le advertía.

–Los ritmos caribeños no se le dan bien.

Sigue con el hilo de aire que le sube de los pulmones.

–Soy yo, soy Sandro.

Mueve los párpados.

–Soy yo.

Afuera nos parece oír el canto de las currucas.

Coge mi mano y con la otra estruja la sábana. Su respiración es carrasposa. Le cojo la otra mano, está tibia y con el anular me escarba un nudillo. Me agarra de la manga de la sudadera, levanta la cabeza.

–Sandro.

–Papá.

Robar a Dios: es su expresión contra la crueldad del destino. Se la oímos decir entre dientes cuando volvíamos del funeral de su madre.

–¿Le robas a Dios el qué?

Don Paolo estaba en el asiento de al lado.

–Él quiere tenerte aquí pasando penas y nosotros nos vamos antes de lo previsto.

–Entonces te robas a ti mismo.

–Explícate.

–Si Dios ha decidido que debes sufrir un poco, algún motivo habrá.

–Qué tontería.

–¿Y la pasión de Cristo, pues?

–Pasión de los cojones. Mamá sí que ha sufrido. Y antes también papá. Y Cristo sufrió.

–¿Y qué es lo que querías hacer con tu madre? Oigamos.

–Tú qué sabrás.

–Cuenta. ¿Qué es lo que querías hacer?

–Si yo fuera médico o enfermero...

Nos metimos entre las salinas, se quedó con la nuca en el reposacabezas y los brazos rectos al volante.

–¿Qué es lo que querías hacer, eh, cabezota? –insistió don Paolo.

Él se volvió hacia Cervia.

Después el amanecer se acaba y seguimos tendidos. Tengo una mano alrededor de su muñeca. Con el meñique me rasca, se interrumpe, vuelve a empezar. Mira al techo, con los estucos que él quiso, con motivos florales y la cornucopia en las esquinas.

Jugaba desde hacía poco. Una noche Caterina me siguió hasta el edificio de la adelfa donde Bruni y los demás me esperaban para una mesa, arriba en los Padulli.

Bajé de mi coche y ella del suyo, vino hacia mí y me imploró que no lo hiciera. Lo hice y al final de la noche todavía estaba allí.

–¿Has perdido?

–He ganado.

–¿Cuánto has ganado?

–Seiscientos.

–¿Mañana cuánto vas a perder?

–A lo mejor gano.

–No vas a ganar, todo el mundo sabe que nunca se gana.

Después fui yo quien la siguió de camino a casa, ella se desvió hacia el centro. Aparcó en la explanada de las murallas. Salimos de los coches y caminamos juntos por la avenida, en silencio. En un momento determinado, ella dijo: «Conozco a un especialista que te ayudará». Me aparté y me metí en el bar Giandone, ella vino tras de mí, pedimos bocadillos de jamón york con mayonesa y una Coca-Cola para compartir. Al final sacó la historia de la llamada telefónica de la noche de Ferragosto. Fingí que no me acordaba.

–Esa llamada, Sandro. La voz amable de hombre que amenazaba que nos iba a matar a todos por tus deudas de juego. Papá llorando.

–Te la inventaste.

Me la quedé mirando.

Y ella, con su mueca de madre.

La caja torácica se levanta y se queda arriba. Tengo que avisar a Amedeo, o a la asistencia de cuidados paliativos, o al médico. Cojo el móvil, lo vuelvo a dejar. Voy a la cocina a por el Fentanyl y busco en la caja de los medicamentos. Las gotas para dormir, cojo una cuchara.

Gano porque domino el punto de quiebre. Cuando la mayoría abandona la mano, yo me quedo.

Le pongo la pastilla de Fentanyl debajo de la lengua. Después abro el frasco y cuento treinta gotas en la cuchara. Tiene los labios blancos. Mueve la cabeza como si se liberara de un nudo corredizo.

Menos fichas, menos mesas hasta dejarlo: ese es el propósito. Se lo prometo a Giulia. Mantengo el plan. Tres mesas al mes, dos al mes, ninguna mesa. Giulia no pide más, comprende las señales: nerviosismo, sexo alterado, apetito. Engordo seis kilos en dos meses y medio, cuando vuelvo a Rímini ellos también saben que me he enderezado. Ella dice: «Ya era hora». Él no dice nada. Después él dice: «Cuídate».

Tose para tragar las treinta gotas. Gracias, me parece oírle decir.

Sin embargo, empiezo a jugar otra vez.
    Dejarlo y volver a empezar. Y al volver a empezar, esperar que la dependencia sea menor. Esperar que la baraja se agote.

El corte que se ha hecho con la lámpara en la muñeca: ahora es una línea castaña. Se la acaricio, él me rasca otra vez con el pulgar, pero ligero como una hormiga, entre dos dedos.

Los bolsillos llenos, después de una mesa que ha ido bien. Salir del apartamento, del edificio, y echarse a la calle, una mano siempre en la protuberancia de las ganancias que asoma en el abrigo, buscando la expresión de la gente. Decirse: yo sí y vosotros no. Vosotros: vuestros bolsillos dóciles.

Duerme. Espero una hora, dos, los párpados se levantan y los ojos no se mueven: emite un silbido, aletea las manos, la espalda se arquea y la cabeza golpea el cabezal. Se queda inmóvil y la caja torácica se deshincha.

Después, mientras la entierran, se lo juro de una vez por todas: lo dejo.

La manera de salir es cortar por lo sano, de un día para otro. Añadiendo compensaciones. Y, por último, sentarse a la mesa una vez más: sentir que la baraja está agotada, que es el final del juego. Es la comprobación definitiva.

Corté por lo sano, pero no compensé nada. No hice la comprobación definitiva. Pero desde el día del funeral de mamá persistía una imagen en mi cabeza: ella en el ataúd, su cuerpo descomponiéndose, su rostro que desaparecía y que hacía desaparecer mi vicio. La erosión de sus rasgos, la dulzura de mujer de su casa corroída por la tierra. Su proceso de desaparición y mi proceso de desaparición.

La mañana termina. Tiene la cabeza echada hacia atrás, la nuez de Adán sobresale afilada. Su último aliento fue hace veinte minutos.

Noviembre

Fuera todavía es de noche. Lleva muerto sesenta y cinco horas, ayer fue el funeral.

Enciendo las luces y abro las cuatro puertas de su armario. De cada una, cojo de una brazada sus chaquetas y sus pantalones, y lo saco todo con las perchas, lo tiro al suelo, después lo recojo y en tres viajes lo transporto a mi habitación. Hago lo mismo con los cajones de los jerséis, tres por estante, los tiro al suelo y me los llevo a mi habitación; sigo con los estantes, de los que saco los cinturones y las corbatas, los tiro al suelo y me los llevo. Limpio el compartimento de la ropa sin entretenerme y el de los dos anoraks. Nunca ha llevado guantes.

Agarro, estrujo, transporto al pasillo y vuelvo atrás, me arrodillo delante de la cómoda antigua, las camisetas interiores de lana y los jerséis de la suerte y los pañuelos de algodón y los calzoncillos, me levanto con los brazos cargados y miro su cama. La sábana que lo cubría, enrollada justo en el medio, y el protector del colchón con el cerco verduzco: un sudario difuminado por la parte de la espalda y de la cadera, nítida en las piernas.

Separo las americanas del resto. Inspecciono los bolsillos interiores, los bolsillos exteriores, si encuentro algo lo meto sin mirarlo en una bolsa de plástico. También está la tarjeta con lentejuelas cosidas alrededor: el campeonato en el Tre Stelle del 30 de abril de 2009, el tropiezo.

El tropiezo era como él lo llamaba: está bailando *swing*, en el jurado del Tre Stelle hay once personas, en las mesas hay unas setenta. Para cerrar debe pasar por detrás de ella con un deslizamiento inclinado. Es el momento: él retrocede y la roza, se aparta dos pasos a un lado y cuando está a punto de levantarse del suelo rasca el linóleo con el pie izquierdo. Tropieza y hace que ella también tropiece.

Una vez que termino de revisar la ropa, me pongo con la bolsa de plástico donde he vaciado el contenido de los bolsillos: pañuelos de papel, un resguardo, una entrada de cine descolorida, el carné del Dopolavoro Ferroviario de 2018, un mechero y un paquete de chicles, una bola de naftalina.

Pongo las chaquetas en una caja en el pasillo, hurgo en los pantalones y encuentro un paquete de cigarrillos medio lleno y un palillo.

El jersey que huele a loción de afeitado está encima de la silla, la manga toca el suelo. Lo cojo, el cuello desbocado, la lana con bolitas. Me siento, lo doblo con cuidado, despacio, me lo pongo sobre las rodillas.

Las cosas de él. Las cosas de ella todavía están en los armarios y en el desván y en el sótano. Vamos a llevárnoslas, que te hacen daño, Nando. Te harán daño a ti, que siempre sales corriendo.

Cuando subo la persiana del despacho la noche se ve desteñi-
da. Encima de la mesa queda el cofre de madera con los fran-
cos y las esterlinas, las monedas que los amigos traían de sus
viajes, yenes, cinco dólares, una moneda de diez pesos, cien y
doscientas liras, el colgante del tercer ojo de ella, la fotografía
de Scirea en el Brescia-Juventus bajo la nieve. Detrás escribió
la fecha en que murió su padre, 6 de marzo de 1969.

Ha dejado el archivador en el que pone «Muccio» encima
del escritorio. Hay recortes de mis anuncios publicitarios. Está
al lado del otro archivador, «Vencimientos», que contiene una
carpeta para cada mes del año con las obligaciones burocrá-
ticas más una carpeta con las garantías y los manuales de los
electrodomésticos.

La caja fuerte está en la repisa junto a la ventana, detrás de
los dos últimos tomos de la enciclopedia Fabbri. La llave siempre ha estado en la caja de la mayonesa, en el estante de arriba
de la nevera. Está helada, hay que calentarla en la mano como
hacía a escondidas de pequeño.

Abro la cerradura. Dentro: las tres monedas de oro, el talonario de cheques y mil seiscientos cincuenta euros en billetes
de cincuenta.

En cuatro años y cinco meses, once de ellos para la reposición
de ciertas cantidades en mi cuenta corriente. Cuarenta y un mil
euros en total. «Reposición» es el concepto de esos ingresos.

Nada más recibirlos empezaba la comedia: telefonear a Rímini con la fingida protesta: «Pero ¿por qué?», «Pero ¿para
qué?», «Os lo devolveré». Y ellos en su papel: «Solo te tenemos
a ti, de modo que cógelos y déjalo estar». Aunque ya sabían
que estaban alimentando el vicio.

Mi dibujo de primaria que a ella tanto le gustaba porque ponía «mamá», a la derecha: lo metió entre los dos atlas.

Ella, su esfuerzo por aceptar que iba a llamarla solo Caterina. Y a él: Nando. Su satisfacción al oír el nombre de pila en la boca de su hijo.

La sorpresa aparece en el anorak Adidas: un puro. Un toscano. Nunca fumó puros delante de mí. También encuentro diez euros lavados en la parka.

Me he convertido en él, cuando registraba mis cosas para investigarme.

Recojo las bufandas y cierro las cajas. La mitad las llevo al garaje, las amontono al lado del banco de trabajo. Las cambio de sitio, las vuelvo a colocar, las muevo otra vez. Me siento encima. Me quedo quieto. El escozor de los ojos baja hasta el esófago y a los pulmones. Me levanto y cuando salgo es la tercera mañana sin él. Una urraca está picoteando la corteza del pino, la silla de playa está lejos de la pared, arrastrada por el viento de noviembre.

La vergüenza del tropiezo en el Tre Stelle. Pero nunca lo llaman vergüenza, sino «la gilipollez», como si se tratase de una broma, un suceso de poca importancia, un chiste que no merece ser contado.

Y sus cuerpos desde ese día poco a poco se fueron quedando rígidos.

Regreso a su cuarto. La sábana y el protector del colchón: me siento, ya han perdido el olor. Alargo una mano y los toco, los agarro. Me inclino, me tiendo y los sollozos trepan por la habitación.

Al final de la mañana vienen Lele y Walter y encuentran las cajas en el pasillo. Hay muchas otras en el garaje.
—Podrías habernos esperado, ¿no?
—No podía dormir.
—¿A quién se las damos?
—Vendrán los de don Paolo.
—Menuda tontería, deja pasar al menos unos cuantos días.

Y van detrás de mí mientras sigo dando vueltas por la casa; Walter se planta y me dice que no borre demasiado sus huellas. Las llama «huellas»: es un sonido que me bloquea, como si al terminar de limpiar un padre dejase de existir.

Después se cuela en la sala. Lele lo sigue y se repanchinga en el sofá, las piernas le llegan a la mitad de la alfombra. Intenta quitarse el abrigo, se queda con las manos en los botones.
—Era aquí donde practicaba los bailes, ¿no?

Aquí era donde practicaba los bailes: una noche cualquiera, semanas después del tropiezo, no duerme y se levanta de la cama. Va al salón, repite el paso que los hizo caer. Levanta el pie izquierdo, salta de lado y aterriza en la alfombra. Levanta el pie izquierdo, salta de lado y aterriza. La alfombra se arruga y ella aparece: Nando.

Los dos se rieron, Caterina, los dos.

Lele quiere ver su habitación. En el umbral se santigua y se queda mirando el colchón, el halo de orina es un roble boca abajo. Se me lleva, como si hubiese sido yo quien quería estar allí. Permanece pegado a mí mientras vamos a la cocina, su hombro contra mi espalda, casi me empuja. Se sienta a mi lado, se le ve bronceado porque ha estado en Lanzarote. Walter está trasteando en la despensa. Le pregunto si ya ha cerrado el local.

–El próximo jueves. –Saca la cafetera y hace café–. ¿Sabías que Nando siempre venía a visitarme?

–Sé que iba, sí.

–En el primer mes de apertura, todas las noches. Penúltimo taburete mirando al canal. Campari y tónica.

–Qué raro, Campari y tónica. –Lele me mira.

–Y brochetas de carne. –Walter también me mira.

Luego van juntos al pasillo y ordenan cuidadosamente las cajas. Las compactan de manera que formen una sola fila contra la pared, destapan las que están en la parte superior.

–Creemos que al menos querrás una chaqueta de Nando.

–No sé.

–Piénsalo. Y ahora nos vamos.

–¿Adónde vamos?

No me responden.

Nuestro hijo juega: se lo dijeron el uno al otro en algún momento, a pesar de que yo estaba en casa. Y aquí sus palabras son precisas. La enfermedad. El vicio. El azar. El término que usan es *zúg*.

Subimos al Mito de Lele, vamos apretados, pero Walter sabe cómo encajarse bien detrás. Encendemos la radio y cuando cogemos via Marecchiese hacia arriba les confieso lo del toscano que he encontrado en el anorak Adidas. Walter se acuerda de haberlo visto en su local con uno en la mano. Lo aspiraba encorvado y, con cada calada, la brasa le relumbraba intensamente.

Apoyo suavemente la cabeza entre el asiento y la ventana, ¿era esa su posición? Me escarbo el pulgar con la uña.

–Estás sangrando –me advierte Walter al cabo de un rato. Lele me da un pañuelo y me lo enrollo alrededor del dedo. Todavía no me dicen la meta secreta a la que nos dirigimos.

Lo repite hasta la saciedad: «En el Tre Stelle tropecé por este talón, que parece un casco de mula». Y, agachado, se lo golpea con la palma de la mano.

El destino secreto es Pennabilli. Hace un poco de frío, pero es el frío de Val Marecchia, que tarda en calar en los huesos. Aparcamos y nos dirigimos hacia el observatorio, un camino empedrado en una suave cresta.

En el trayecto compramos tres cervezas en la tienda de comestibles y las llevamos en la bolsa, luego nos encaramamos por los senderos. Walter conoce el camino, de modo que sin duda estamos jodidos, y de hecho nos hace errar el rumbo, continuamos deambulando y, antes de llegar, la cerveza se ha acabado.

Nos tumbamos con las chaquetas debajo de la espalda, el sol aún tiene algo del comienzo del otoño. Pongo un brazo delante de la cara, tal vez me duermo, cuando lo retiro, ellos están fumando.

–¿Sabes qué hemos pensado? –dice Lele–. Que ahora eres libre.

Aquella bendición, en Milán, impartida por uno de nosotros antes de abrir el mazo: «He hecho lo que debía hacer, he sido lo que quería ser».

Me ha dejado dieciocho mil euros en efectivo y un pedacito de tierra, no edificable, en San Zaccaria, con un valor de nueve mil euros, además de las propiedades inmobiliarias en Rímini y Montescudo. El notario Lorenzi me lo anticipó por teléfono durante la llamada para darme el pésame. También hay un sobre cuyo contenido Lorenzi desconoce. Me lo entregará tan pronto como vaya a su despacho a firmar los documentos.

–¿Y cuándo vas a ir a firmar? –me pregunta Walter.

–El lunes.

Estamos esperando a que anochezca, convencidos de que las estrellas en Pennabilli también caen en noviembre.

Walter se levanta.

–¿Qué crees que hay en el sobre?

–Instrucciones para Montescudo. O deudas.

–¿El bar America?

–Puede ser.

–¿Nunca te dijo nada?

–Que las saldaron con parte de la indemnización de mi madre.

–Entonces es Montescudo.

–O, tal vez –Lele se entusiasma–, algo relacionado con la tierra agrícola. Algo como: no la vendas hasta que sea edificable.

Walter se tiende de nuevo.

–O sobre mujeres: no te cases, sigue así, no te dejes engatusar por Bibi y las demás.

–El siguiente es él.

Señalo a Lele.

Me hace el gesto de los cuernos.

–O puede que tú: cuidado, porque después de un funeral siempre viene un zagal.

Una hora después de su muerte llamé a Bibi. ¿Quieres verlo antes de que se lo lleven? Tuve miedo y ella lo notó, no respondió. Solo dijo: amor.

Cuando colgué el teléfono imaginé que vendría y se sentaría a un palmo de la cama. Él cubierto hasta el cuello con la sábana. El olor a loción de afeitar y a rancio, y su rostro verde. Sentí un mareo, como si realmente hubiera permitido que fuera profanado.

Con Walter y Lele nos apretujamos el uno contra el otro en una única piedra para observar las estrellas. Me han puesto en el medio, hace frío y Walter quiere ir a por cochinillo a la tienda mientras esperamos que caigan los cometas de otoño que valen el doble.

–¿El doble para qué?

–Deseos dobles.

–¿Y tú qué pides doble?

–Otro local. En la playa. Pescado frito y patatas. Facturar.

Pero los cometas no caen y Lele nos muestra el Carro y el Toro, y Walter se come también la mitad de mi cochinillo. Bebemos *chinotto* y nos hacemos los callados, imitamos a la luna con el vapor que sale de las bocas por el frío. Me gustaría volver a casa, pero ellos no me lo permiten. Así que les cuento que al final él iba a bailar al Atlantide, el cine de arte y ensayo de la piazza Tripoli.

–¡Ah! –Lele se levanta de la piedra–. ¿Allí se baila?

–En verano. Al final era allí por donde rondaba de noche.

–¿Lo seguiste? –Walter no espera la respuesta–. Hiciste bien, imagínate que se iba a pescar siluros en el lago de la cantera.

–¡Qué cojones tienen que ver los siluros! –Lele se ríe.

Y todos nos reímos.

Después les hago el juego:

–Un millón de euros y veinte años menos –lo digo, y la voz se me estrangula.

Esperamos a que se me pase. Walter fuma y contesta que saldaría las deudas y compraría ese sitio del pescado frito en la playa y lo transformaría en una cadena. No hay ni que decirlo.

Lele se queda pensando.

–Yo compro tranquilidad. Los pongo en una cuenta bancaria nueva y cada mes programo una transferencia a mi cuenta corriente de siempre. Durante veinte años. Así puedo mantener a mi familia gracias a tener un salario fijo, incluso si pincho en las audiciones.

–¿De cuánto la transferencia?

–Tres mil, el 27 de cada mes.

Saco mi teléfono móvil y hago los cálculos.

–Casi veintiocho años de renta.

–Tranquilidad.

La mañana de su muerte, después de la llamada a Bibi, llamé a Amedeo y vino al finalizar su turno en el hospital. Entró en el dormitorio, se inclinó sobre el cuerpo.

Vino a mi encuentro, se quitó las gafas, las limpió con la orilla del jersey y me atrajo hacia sí con sus brazos de gorila.

Lo acompañé a la cocina, recostó la espalda en la alacena.

–Nando ha sufrido –dije.

Amedeo empezó a limpiarse otra vez las gafas.

Me serví un vaso de agua.

–No he tenido valor para ayudarlo a irse. Nunca tengo valor para una mierda.

Tirito por el frío. Lele se aprieta por la izquierda y Walter por la derecha, ellos también se están congelando. Propongo que vayamos a casa, se resisten, pero venga, vamos, y nos decidimos. Caminamos hacia el aparcamiento, subimos al coche y Walter se ofrece a conducir.

–Lo vi morir –digo.

Tardamos dos minutos en distender las voces. Lele es el primero en hablar:

–Nunca he visto morir a nadie. –Se estira desde atrás–. Aparte de a mi perro.

–Se le quedó el pecho hinchado.

–Basta, te lo ruego. –Walter enciende la radio y la apaga en un único gesto. Nos cuenta cuando se lo encontraba en el local, esperando, apartado, hasta que reparaban en él–. Y si por casualidad no nos dábamos cuenta de que estaba, se quedaba allí clavado fumando junto al murito. Una noche le dije: «Nando, pero si estás ahí. ¿Qué haces tan escondido?». Y él se encogió de hombros como diciendo «Está bien».

–¿Alguna vez vino acompañado?

–Siempre. Él y los cigarrillos.

Fumaba y fumaba.

Después del tropiezo fuma por la mañana y repite el salto cada día, en el salón y en el dormitorio. El golpe de los tobillos, el roce del talón sobre la moqueta y la alfombra, el murmullo del esfuerzo que llega hasta el pasillo. Veinte minutos, media hora. Todavía no le ha puesto nombre: el salto Scirea.

–Y ese salto de Scirea. ¿Por qué se le metió en la cabeza, a tu padre?

El Mito se mete en la via Magellano.

–Por el Brescia-Juventus de 1987. El partido de la gran nevada. En un mercadillo de Santarcangelo encontró una fotografía.

–Qué pedazo de jugador era Scirea.

–No era solo por el jugador. Era la cara de mastín de la fotografía, igualita a la del padre.

Lele apaga la radio.

–Me la había enseñado.

–Scirea debatiéndose entre el contrincante y el balón. Volaba más que Carla Fracci.

–El salto Scirea. Se lo vi en Miramare. –Lele tamborilea en la ventana–. Dios mío, qué pasada.

Aparcamos debajo de casa y se ofrecen a quedarse a dormir.

–Bibi vendrá.

–¿Estás seguro?

–Seguro.

Asienten a pesar de que siempre saben cuándo miento. Esperan a que suba y se marchan, después el rezongo del Mito desaparece al final de la via Magellano. Subo la escalera a oscuras, la culebra de cajas, la nevera que zumba, el tictac del reloj de pared. Las cerillas y el olor a sulfuro de fósforo en el aire. La lámpara de techo con forma de sombrero de monja: cuando era niño me aterraba dejármela encendida y volvía a comprobarlo antes de que él se diera cuenta.

Pongo la mano en el interruptor y lo pulso. La bombilla se enciende. Voy al comedor y pongo la mano en el interruptor, pulso. Voy al baño, pulso. Y a la escalera, y al *office*, a mi habitación, ilumino el otro cuarto de baño, el despacho, el trastero, enciendo las lámparas de las mesillas de noche, el televisor, la lámpara de encima de la mesa y del tocador, la lámpara de pie de la sala, ilumino el fregadero, el horno, la campana extractora, enciendo las dos luces de emergencia del pasillo. La casa, via Magellano, Rímini, y este único resplandor.

Soy libre: huérfano. Soy huérfano: libre. Me acerco a su habitación y veo la pierna colgando que golpea las noches.

Una tarde, estaba ya muy mal, mientras le acomodaba las almohadas en el costado.

–Los diez mil cuatrocientos que no te pagaban.

Se quedó callado.

–Era la verdad.

–¿Sí?

–Me los debían de verdad.

Él cerró los ojos.

–Y tú, Nando. La escoba y la brisca.

Los abrió de par en par.

–¿Yo qué?

–En cuanto llegué de Milán para tu cumpleaños. La escoba abierta. Y cuando quisiste jugar, después de comer.

–La escoba abierta, y un higo chumbo.

–No la abriste.

–No.

–¿Y la brisca después de comer?

–Ya.

–Querías saber si había vuelto a empezar.

Se había sacado la almohada de más y asintió.

–Para ver si eras mi hijo o el otro.

–¿Y qué viste?

–Eres mi hijo.

Un hijo o el otro hijo. También se lo decía a ella cuando la enviaba a llamarme a Milán para preguntar cómo estaba. Tan pronto como colgábamos el teléfono, se lo preguntaba: «¿Es el nuestro o el que juega?».

Y esa noche, cenando. Él no levanta la cabeza del plato y en un momento dado gruñe que más allá del Tre Stelle solo está la Gran Gala de Gabicce.

–Pues entonces participad y parad ya –estallo.

–La gala no es para los tropezones.

A la una y media de la madrugada salgo de casa. El cruce de la via Magellano y via Mengoni está bajo el cono de la farola y el frío cubre de plata el adoquinado. El punto exacto donde Walter y Lele me dejaron después de Pennabilli. Ellos me mantienen a raya. Y Bibi, don Paolo, los difuntos, la Romaña; el cielo es de pizarra y trozos de nubes lo rayan, el invierno está al llegar.

Cojo el Renault 5. Acelero y el escape ronronea. Salgo de la Ina Casa, sigo en dirección a los Padulli, reduzco la velocidad frente al complejo de bloques en construcción. El edificio con la gran adelfa está al final de las obras. Hay una luz encendida en el ático, la planta baja está apagada. Aparco donde aparcó ella la noche que me siguió: al otro lado de la verja no reconozco el Audi de Bruni, ya no reconozco ningún coche.

Hago oscilar la pulsera colgada del retrovisor, la manta de

cuadros está detrás, el cenicero sigue limpio y debajo del asiento queda la almohada pequeña que solía ponerle entre el costado y la puerta. La saco, la encajo entre las rodillas y aprieto. Abro las piernas y aprieto. Arranco de nuevo. El Renault 5 silba en los primeros treinta metros y luego es la Milva de Rímini con su ronroneo de contralto. Aparco frente a la casa y camino por via Magellano, la respiración se convierte en vapor y se expande más allá de la nariz, me adentro en el adoquinado que bordea la escuela primaria: el callejón de los gatos, hay tres agazapados en el borde. Los alcanzo y uno se levanta, gris, con una mancha en la base de la cola. Me sigue, desiste en la piazza Bordoni. La plazoleta está desierta, me siento en el banco. La iglesia está detrás de los edificios: cuánta gente vino al funeral.

Quiosquero, socorrista, camarero, dependiente en una tienda de ropa, redactor publicitario, jugador, director creativo en una agencia de publicidad, consultor creativo, siempre jugador.

Dijeron: ha desaparecido. Dijeron: se ha ido. Dijeron: ya no está.

Lejos, antes de que carguen el féretro en el coche fúnebre, Giulia me mira fijamente y yo también. No viene, el pelo le llega más abajo de los hombros. Ella habría dicho: ha muerto. Nando Pagliarani ha muerto. Tu padre ha muerto.

Y ese junio, en la via Meravigli, una mesa con tiempo. Convocatoria a las seis de la tarde, empieza a las seis y cuarto y termina a las nueve. En las mesas con tiempo se juega durante el plazo establecido. No se permiten retrasos, no se puede cambiar de opinión una vez que se acepta. Se juega una mano tras otra hasta que suena la campana de cierre. El secreto es intuir si casi al final del tiempo marcado se podrá cerrar la partida en curso y jugar una última en la que intentar recuperarlo todo equilibrando las pérdidas o consolidando las ganancias: la mano de despedida.

A las ocho y veinte iba perdiendo seis mil seiscientos. Calculé que antes de las nueve podríamos jugar otras dos manos. Sin embargo, la mano siguiente se alargó tanto que iba a convertirse en la de despedida. Tenía un par de dieces. Quedábamos tres, incluido un jugador largo. Los largos son los jugadores que se demoran para frustrar a quienes intentan arreglar la velada cuando está a punto de sonar la sirena. Por lo general, son aquellos a quienes les ha ido bien hasta ese momento.

A las nueve menos cuarto todavía estábamos sentados: significaba que no había esperanza de jugar otra, pero cabía la posibilidad de exceder el horario de cierre para permitir un desenlace necesario de la partida en curso. Es aquí donde el bote acumulado es más generoso de lo habitual porque no habrá más oportunidades para tapar los agujeros de la noche o cambiar la suerte. Y es aquí donde el jugador «se desborda». Desbordarse: valerse de recursos de una imprudencia y audacia extremas.

A las nueve y diez minutos, el bote era de tres mil ochocientos. A las nueve y doce habíamos visto las cartas. Un farol del jugador largo, una doble pareja del otro jugador: perdí otros cinco mil y pico. En total, casi doce mil, con disponibilidad en metálico de solo cuatro mil. Un pagaré por el resto.

Luego salí del apartamento y recuerdo el bullicio en la plazoleta de la via delle Orsole. Gente desperdigada de fiesta, las vacaciones próximas, al fondo el fresco de la Virgen con el niño, descubierto cuatro siglos antes por un operario que limpiaba la pared con un delantal. Me acerqué hasta allí, me detuve, miré a la Virgen y a Cristo, el vestido celeste y la piel de color tórtola, sentí la necesidad de sentarme y estirar los brazos, la espalda, revisar los bolsillos desvalijados, el cheque perdido y el dinero en metálico perdido. Me levanté y crucé la plazoleta nuevamente y, justo cuando estaba a punto de dejarla atrás, al pasar junto al último grupo de personas, al cabo de siete años de la primera mesa, supe lo que era: no era la euforia; no era el subidón de adrenalina; no era el misterio ni las manos sobre la posible fortuna; no era la compensación ni la acometida del riesgo, ni el desbordamiento y la sangre agitada. Al salir de la plazoleta, finalmente me quedaron claras las palabras de un tipo, meses atrás en Novara, al término de una mano feroz: «Una noche densa, ¿eh?».

Una noche densa. La concentración de la mayor cantidad posible de vida en el menor tiempo posible. La densidad. La Virgen y Cristo en aureola, los bienaventurados en un rincón de Milán. Nosotros y nuestra máxima-vida-posible, los bienaventurados en un rincón de Milán. Los bienaventurados y los bienaventurados.

Don Paolo, durante la homilía: Nando, el hombre con aire festivo en los pies.

El lunes Bibi me acompaña al notario. Aguardamos en la sala de espera; justo cuando nos llaman, ella me hace entender que no entrará. Se sienta inclinada, se sujeta las manos mientras se muerde el labio inferior.

El despacho de Lorenzi huele a pintura. Me acomodo en un sillón de color camello con los brazos redondeados, me expresan sus condolencias nuevamente. La secretaria abre una carpeta y le pasa unas hojas al notario: dieciocho mil doscientos veinte euros en la cuenta corriente, la propiedad inmobiliaria de Rímini, la propiedad de Montescudo, el Renault 5 y un pedazo de tierra no edificable en San Zaccaria.

Inmediatamente después me entregan el sobre: está sellado y en la parte posterior tiene la fecha de cuatro meses antes. Me dan un abrecartas, rasgo el sobre y encuentro una hoja escrita a máquina y firmada por «Ferdinando Pagliarani».

Es un plan de inversiones acordado con el banco del que podría beneficiarme, si así lo deseo. Según las normas, la sucursal competente deberá informarme directamente.

Hago una mueca.

—¿Está todo en orden? —pregunta Lorenzi.

—No son deudas.

Deja de intentar una y otra vez el salto en el salón y en el garaje. Nunca más una palabra sobre el tropiezo. Nunca más una palabra sobre la Gran Gala de Gabicce. Nunca más un baile de verdad.

El verano termina y cuando llega la primera noche del sábado de la temporada los encuentro deambulando por el salón.

—¿Y vosotros?

—Para nosotros ya es suficiente.

Cuando salimos del notario le cuento a Bibi que el sobre contenía un plan de inversiones. No sabe qué responder, al final susurra:

–Conocía a sus polluelos.

Me la quedo mirando.

–Eras un manirroto, ¿verdad?

–Manirroto, lo que me faltaba.

–¿No?

–Daniele te lo habrá dicho.

Me acaricia el hombro.

–Vamos, era una broma.

–Pues el manirroto te lleva a cenar fuera esta noche. –Y «cenar fuera» se me atraganta en la garganta. Dejo de caminar.

–Eh.

Me coge de la muñeca.

–Le dije que ninguno de nosotros cocinaba, tenías que haberlo visto.

–¿Qué dijo?

–¡Santo cielo!

Bibi sonríe, una coma en las comisuras de su boca. Da un paso largo y me arrastra.

–Nando siempre cocinando y nosotros servidos y reverenciados esta noche. *Tagliatelle.*

–¿*Tagliatelle*?

–Y sobres con las inversiones.

Me arrastra por la piazza Cavour y por la calle peatonal que bordea el teatro Galli, y siento resentimiento: hacia él, su previsión, una vida de ahorro.

El número de teléfono de Bruni. Tengo un vago recuerdo de haber arrancado la hoja de la antigua Moleskine y haberla metido dentro de un libro. Agito los volúmenes de los estantes de la habitación y del armario empotrado. Cojo un libro, lo agito, lo dejo caer, cojo otro, lo agito, lo dejo caer. La pila se esparce por el suelo. La piso y salgo de la habitación, compruebo el móvil. Nada. Después de prometer dejarlo el día del funeral de ella hice una limpieza minuciosa.

Podría tenerlo el hermano de una antigua compañera de instituto. Él también fue una noche al edificio de la adelfa. De todos, es el único fácil de contactar.

Llamo, no hace preguntas, pero él también tiene que buscarlo. Hablamos de su hermana, que trabaja para la FAO haciendo estadísticas, en Roma. Hablamos de Nando, se enteró por su madre de su fallecimiento y me da el pésame. Colgamos y al cabo de diez minutos me envía un mensaje con el número de Bruni.

Adiós al baile. El sábado por la noche ella pinta en el lavadero, él ve películas de guerra y come espirales de regaliz.

En el restaurante de Canonica, Bibi y yo al final sí pedimos *tagliatelle*. Y vino tinto, faisán local y *piadina* con gratinados. Para terminar, nos sirven Albana dulce y *ciambella*. Bibi examina la bandeja, busca el corte con más azúcar glas, el que tiene más relleno, el trozo con corteza, mueve la nariz sobre cada uno, sirve el Albana en los dos vasos. Me da el mío y con la mano hace un gesto hacia el trozo con corteza. Lo levanta sobre el vaso, lo sumerge en el Albana. Pellizca la punta empapada y se la come, me mira de reojo, está seria, toma otro trozo y lo mantiene entre los labios para chupar el azucarillo. Lo mordisquea, se le cae, se limpia, sigue seria y sabe que le quedan migas en el fondo del vaso. Toma la cuchara y las recoge, están ricas, se las lleva a la boca y cierra los ojos.

—Perdona, ¿eh?

Los vuelve a abrir, casi se ríe.

Y en ella termina la última parte de él: él, que había oído hablar de ello, él, que estaba allí cuando ella y yo empezamos. Si ella no lo acogiera, ¿sería ella?

Tres condiciones para quedarse en el circuito. Condición número uno: referencias. Condición número dos: satisfacer los pagarés. Condición número tres: no haber hecho trampa nunca.

En el exterior del restaurante está la oscuridad romañesa que se traga hasta la luna. El aparcamiento se encuentra al final de la lengua de grava. Bibi enciende el móvil para iluminar y me cuenta que está trabajando en el escarabajo *Regimbartia*: el único insecto que es expulsado vivo después de haber atravesado el aparato digestivo de una rana. No muere, lucha en el estómago contra los jugos gástricos aprovechando el remolino de sus patas que lo protege de la corrosión.

–Gracias por el digestivo, Beatrice Giacometti.

Agita el móvil y lo apaga, y nos sumergimos en la oscuridad romañesa. Solo queda el crujir de la grava, y ni siquiera eso. Me vuelvo, me quedo quieto, doy un paso atrás, Bibi, ¿dónde estás, Bibi?

Aparece de la nada y me abraza.

Cuando estaba en Milán, él llamaba una vez a la semana con una voz como si pidiera permiso. ¿Cómo va, cómo va? Si llamaba yo era porque había novedades, o porque me apetecía de repente. Sacaba el teléfono móvil, marcaba el número y adoptaba una voz correcta.

Y ese día, dos meses después de que ella muriera, cuando me presenté en Rímini sin avisar y él me vio desde el balcón, «¿Cómo va, cómo va?», medio molesto por la sorpresa. Me abrió la puerta, me condujo por la escalera, me tuvo en el umbral de la cocina y pude vislumbrar los vinilos amontonados sobre la mesa, entre cáscaras de cacahuetes y una lata de maíz. El sillón del estudio en lugar de las sillas, las ollas de cobre en el fregadero, el tocadiscos encima del aparador. El olor a sopa vieja y las moscas revoloteando alrededor.

–Ayer comencé a hacer inventario de la música. –Abrió la nevera y rebuscó–. ¿Sabes que no he hecho la compra, Sandrin?

–Dime cómo estás.

–Estoy bien.

–Cómo de bien.

Sacó el emmental y me cortó un pedazo.

–Aquí hay galletas saladas.

Encontré un rinconcito en la mesa, di un mordisco al emmental. Él se quedó inmóvil mirándome masticar entre Stevie Wonder e Ivan Graziani.

No puedo dormir. Me levanto, voy a la cocina, leo la propuesta de inversión. Su firma melancólica, el rabito de la «o». Dejo las hojas encima de la mesa: no sé qué hacer con las ollas con las que preparaba la receta de la jubilación. Y los frascos de conserva. La colección de latas de especias. Las nueces en la cesta de mimbre. Nuestro mazo de cartas, atado con una banda elástica verde. Lo cojo. Está frío en la mano. Lo aprieto y siento un leve hormigueo en las yemas de los dedos, una presión en el esternón, él frente a mí con la estela del cigarrillo elevándose suavemente.

Después de que dejaran de bailar, al cabo de un mes y medio del tropiezo, lo encuentro en su estudio con la fotografía de Scirea en la mano.

–Ven aquí, Sandro. –Enciende la lámpara de la mesa–. Mira qué ligero se mantiene. Se da impulso en el momento justo.

Sus brazos levantados mientras moría, el golpeteo repetido de sus manos en el colchón. Su rostro rasguñando la cabecera de la cama. El cuello torcido que vuelve a su lugar. El nuevo rostro: la boca abierta y esa brecha en el labio superior.

Lo cierto es que ya no volvieron a bailar. Pero él se metió la fotografía de Scirea en la cartera. Y ordenó los discos en la sala, aunque desde el Tre Stelle ya no los ponía en el tocadiscos.

Luego llega esa tarde: persianas a medio bajar y los Bee Gees, el ruido de los pies volviendo a intentar el salto.

Por teléfono, Bruni se muestra sorprendido y cordial. Ha estado fuera del circuito grande durante un tiempo, pero siempre puede conseguir una mesa en un momento. Le pregunto cómo sabe que quiero una mesa. Él suelta su risa, una mezcla entre el grito de una niña y una tos seca.

–Quiero intentarlo de nuevo, sí.

–¿Cuánto?

–Tres mil.

–Te llamaré dentro de un par de días.

Celebramos el cierre anual del local de Walter, como si fuera
él quien cerrara. Cada otoño entra en letargo: sin ningún viaje
exótico, se encierra en su casa en el barrio de San Giovanni,
cocina y sale a comer los domingos a los restaurantes de pescado. Alguna excursión al campo. En Semana Santa sube las
persianas y vuelve a empezar.

Durante el brindis sale su nombre: por Nando. Lo dice Lele,
Bibi me llena la copa. Estamos todos juntos en la pequeña terraza que da al canal. Las mesas están apiladas en la parte trasera, el letrero de Gradella cubierto de celofán, la Rímini viva-
racha que se va. Y Milán, que se fue con él.

Después de Giulia, ellos me preguntaban si tenía alguna simpatía. Ella usaba la palabra «simpatía», él levantaba las antenas
esperando la respuesta. Saben que estoy en Milán, solo, en el
apartamento de dos ambientes con la mesa mal anclada. Milán
y el cemento que cambia a los hijos.

Vinieron dos meses después de que Giulia se hubiera ido.
Durmieron en la cama de matrimonio, y yo, en el sofá. Por
la mañana, él me despertó con el chirrido del destornillador
arreglando la mesa: esa superficie de cristal que se inclinaba
si alguien apoyaba los codos en el borde.

−¿Roncas? −pregunta Bibi.
−¿Y tú?
Al final de la noche de cierre de Walter la invito a dormir
en mi casa, es la primera vez.

Cuando llegamos, la acompaño al piso de abajo. Nos metemos
en la cama: el colchón es cómodo y hace frío, no he tenido tiempo
de encender la calefacción. Las mantas nos llegan hasta la nariz.

–Ronco un poco.

Y ella mete sus pies entre mis piernas.

No dormimos, dormimos, no dormimos, ella duerme y yo me quedo con esta silueta a mi lado. El hombro huesudo, el costado suave. Uno se desacostumbra a todo.

Luego me quedo dormido y al despertar ella está vuelta hacia mí, mirándome. Y yo también la miro, el perfil anguloso y la postura acurrucada, su olor que se esparce sobre la almohada: y la veo. Es ella, no está difuminada.

Subimos a desayunar. La cocina mantiene la calidez, cerramos la puerta para retenerla. Bibi está de pie, se acerca a las especias y las conservas, las acaricia sin tocarlas.

–¿Dónde estaba él?

–Aquí.

Y señalo la silla junto a la estufa.

Los Bee Gees, los Jackson Five, Chuck Berry. Cada día él intentaba bailar en casa, siempre solo. Luego llega ella y coge el disco del *swing*, precisamente el del tropiezo.

Y le dice:

–Vamos, intentémoslo de nuevo.

Paso por el banco para cerrar el asunto del testamento. Me hacen entrar en la oficina del director. Me dan sus condolencias, me comunican que él dejó instrucciones precisas: quiere que me informen detalladamente sobre el plan de inversiones que había en el sobre del notario antes de decidir si firmarlo o no. Tal vez buscar alguna alternativa.

Los dejo hablar, dura unos veinte minutos, respondo que lo pensaré. El director vuelve a mencionar el fondo de pensiones y la solución mixta de los mercados emergentes. Pido cinco mil euros en efectivo.

Ciclotimia de juego: movimiento psíquico en forma de onda sinusoidal, con entre seis y ocho picos emocionales durante el día de la partida. Picos emocionales altos: euforia, palpitaciones y temblores, necesidad de movimiento en las extremidades, pérdida de la percepción. Picos emocionales bajos: sensación de angustia, falta de estímulos hacia el entorno circundante, disminución de la empatía.

Cuando salgo del banco oigo que alguien me llama: es Patrizia de Cerdeña. Agita un brazo al otro lado de la via Marecchiese y viene hacia mí. Lleva una bolsa de la panadería que le sobresale del bolso.

–Sandro. –Y se ajusta el gorro de lana–. Te he visto entrar, ¿tienes tiempo para un café?

»Con tu padre íbamos al cine una vez al mes los miércoles por la noche. Cenábamos, pero poco. Me preguntaba sobre tu madre, como si yo supiera cosas sobre ella que él desconocía: incluso le conté lo de aquella tarde que alquilamos una canoa en Riccione y la corriente nos arrastró mar adentro. ¡Deberías haberlo visto! ¿Canoa? ¿Qué canoa? ¿Corriente? ¿Qué corriente? Caterina nunca me lo había mencionado. Y preguntaba y preguntaba. A veces solo caminábamos. Y no, nunca me invitó a bailar.

Patrizia me acompaña en su coche. Nos quedamos con el motor en marcha frente al portón y, justo cuando estoy a punto de bajar, me pregunta si puede despedirse de la casa. Cruza la cancela, pero no sube. Levanta la cabeza hacia la ventana de la habitación, da vueltas alrededor del patio y llega al huerto.

Está yermo y el frío empalidece la tierra, y ella azuza un terrón con la punta del zapato.

Perder en una mesa: siempre se debe cuantificar en la mente la deuda potencial durante el juego. Cuánto puedes gastar y a qué te estás enfrentando. Percepción de las consecuencias económicas, percepción de las verdaderas posibilidades de amortización, percepción de las repercusiones en tu vida personal.

Al principio, cuando aún eres el novato, te contienen: solo se puede jugar con dinero en efectivo, convertido en fichas, sin superar ese límite. Nunca te conceden el préstamo que puedas pedir. Después te lo conceden: préstamos, pagarés. Al cabo de un tiempo, el circuito aprende a conocer la cartera que cada uno maneja e impide mesas fuera del alcance de algunos o nuevas manos donde el descalabro se agravaría dejando a los acreedores al descubierto. La última etapa es cuando te dejan libre en todo.

Había un esquema que funcionaba: antes de entrar en los apartamentos, marcarse límites y consecuencias a las que podías llegar. Mejor escribirlos, no solo pensarlos.

Informo a Amedeo de que ha olvidado la bata aquí. También hay jeringuillas, medicamentos y material diverso que puede necesitar. Dice que ya tenía la intención de pasarse a verme, ¿y si comemos juntos hoy? Añade que le gustaría venir a casa.

Llega antes de la una: baja de su Toyota y abre el asiento trasero, carga a una niña en brazos y suben lentamente. Nos abrazamos en el pasillo, la niña se acurruca para permitírnoslo; cuando nos separamos, se endereza: tiene los ojos chispeantes de su padre. Estira un dedo para tocarme la boca, los dientes. Luego muestra curiosidad por las cajas, se inclina como si fuera a agarrar una.

—Esta niña se llama Margherita y tiene mucha sed.

Amedeo me la acerca y ella me tira de la barba, prolonga los labios como un pico de pato.

No le suelto la mano, aunque se ha aferrado a su padre. Entramos los tres en la cocina, él la coloca sobre la mesa y yo me imagino que sacará un biberón. Amedeo me indica que un vaso es suficiente. Sirvo el agua, me siento y la niña bebe de mi mano.

—¿Recuerdas la noche en la que tu padre y yo vimos *El club de la lucha*?

Pero a mí todo se me mezcla. Las noches, las mañanas.

Amedeo me ayuda a recoger los platos.

—Hubo un momento en que tenía mucho dolor y pidió morfina. Fui a buscarla y, cuando regresé para dársela, me preguntó si le ayudaba a morir.

Estoy lavando los platos, las gotas de grasa flotan en la sartén. Hemos comido bacalao y patatas picantes. Margherita gatea por el pasillo, Amedeo está de centinela.

—Yo tampoco tengo nunca valor para una mierda, Sandro.

La niña ha llegado al salón y se entretiene con el cojín de terciopelo.

—¡Papá!

Agita los brazos.

Voy yo. Está desconcertada, busca a su padre, pero en cuanto le doy otro cojín, apoya la mejilla en él.

Amedeo se nos une.

—¿Y si no fuera cuestión de valentía? ¿Y si fuera el miedo a Dios?

Él está con ella en el garaje, desmontando la tapa de encima de la ventana porque la persiana se ha atascado.

—No iremos más al Tre Stelle, Caterina.

Ella le sostiene la escalera y está a punto de decirle que de acuerdo, que no irán. En cambio, le agarra los tobillos.

—Probemos en Gabicce, Nando, en la Gran Gala.

Él se asoma y la mira desde arriba.

Antes de irse, Amedeo me muestra cómo tomar a un niño en la posición cómoda. Dice «posición cómoda» y se ajusta las gafas. Se inclina, levanta a Margherita y la coloca en posición horizontal, la encaja debajo de un brazo como un balón de *rugby* y se pasea por el pasillo. La niña no protesta, al contrario, se adapta y cuelga de su papá.

—Inténtalo.

—Conmigo llora.

—Inténtalo.

Lo intento. Y es gracioso tenerla ahí, con las piernas y los brazos y la cabecita flácida. La mirada astuta me escruta mientras pasamos por la zona de noche y luego por la zona de día. Margherita y yo en posición cómoda, de viaje por la casa de los armarios vacíos. Luego la alzo y ella se deja, la beso en la nuca. La deposito en brazos de su padre.

Una hora más tarde de que Margherita y Amedeo se hayan ido, llama Bruni. Me informa de que hay una mesa exprés de mínimo seis mil. En Viserba.

–Seis mil no. Tres como máximo, más tu parte.

–Te has vuelto tímido.

–Tres como máximo.

–Lo preguntaré.

–Gracias.

Me lo dirá antes de la noche. Cuando cierro los brazos, me tiemblan imperceptiblemente.

La otra señal me llega del tacto. Saco los cinco mil que he retirado en el banco y los sumo a los mil seiscientos cincuenta de la caja fuerte. Los llevo a la cocina. Retiro la banda y deslizo los billetes. La porosidad en el pulgar, las rugosidades del papel contra el borde de los nudillos, las esquinas desgastadas. La robustez de los billetes de cien. La agilidad del corte de los de veinte. La estría de los de cincuenta. Antes, mi transmisibilidad cutánea aumentaba en diez segundos: el velo de sudor en las yemas de los dedos, el engrosamiento de la piel.

Tengo una forma personal de contar el dinero: con los párpados bajos y agitando los billetes. Levanto el índice doblándolo y cierro el fajo a la mitad, lo vuelvo a abrir y vuelvo a contar, con un latido en el cuello justo debajo de la nuez. Me detengo, vuelvo a empezar, hasta que las fibras del papel se calientan.

Ya desde niño: mi abuela me regala doscientas mil liras por la comunión en un sobre con una tarjeta de felicitación. Las saco, con ansiedad, con la certeza de poder tener más, de poder tenerlo todo.

Se angustiaba porque la sala de su bar estaba vacía. El bar America. Venían los amigos y los encontraban a él y a ella, a un cliente, a mí haciendo los deberes en un rincón. Cómo se puede atraer a la gente: era la letanía de esos veintiséis meses. Luego ella organizó allí un curso de pintura, los martes por la noche. Luego el *jazz*, los viernes por la noche. Luego el capuchino y el cruasán a dos mil liras. Luego comenzaron a bajar la persiana antes de la cena.

A media tarde Bruni aún no ha llamado. Empiezo a preparar el formulario de clases en la universidad, traslado los tarros de conserva de la despensa a la alacena, vacío el armario de las ollas, las ordeno en el armario empotrado. Trepo por la escalera y limpio los cristales, desde aquí arriba se ve un trozo del jardín de los Sabatini. Han comenzado a prepararlo para las luces navideñas, que siempre montan un mes y medio antes. A estas horas él lo habría anunciado abriendo la ventana, con todo el bullicio entrando en casa.

Ir a verlo, tirar las flores marchitas y la corona del Dopolavoro Ferroviario. La foto en la que se ríe sentado en el bar de Cervia: la eligieron los parientes de San Zaccaria.

Por la tarde, Lele me hace una visita sorpresa: lo han contratado para diez secuencias en una serie de televisión sobre Monica Vitti. También viene Walter y destapamos las cervezas y la cocina se llena de humo y ellos se sientan un poco en la mesa, un poco en la encimera. A Lele le encantan los animales y revisa el alféizar, me hace notar que no hay migas. Le muestro un paquete sobre el microondas, él lo abre y saca media tarta mantovana. La desmenuza y la esparce afuera.

—¡Petirrojo en tu ventana, temporada afortunada!
—Sentenció el ornitólogo vidente.
Walter cierra la ventana porque tiene frío.
—También Caterina lo afirmaba —digo.
—¿Que Lele es un ornitólogo vidente?
—Que el petirrojo trae buena suerte.
Walter levanta su vaso de cerveza.
—¡Por el petirrojo, Caterina y el ornitólogo vidente! ¡Por Monica Vitti!
—Brindemos.
Y todos levantamos nuestros vasos.

La Gran Gala del Baia en Gabicce: treinta parejas de profesionales y veinte parejas de *amateurs*. Ella llama al organizador y se entera de que las inscripciones están cerradas. No insiste, por teléfono no le gusta.

Bruni me contacta cuando Lele y Walter todavía están aquí. Dejo que el teléfono vibre, me levanto y voy a mi habitación, le digo que lo llamaré pronto. Cuando regreso, Lele está en el pasillo, en la cocina está Walter, vacía la caja de cacahuetes en su palma y los vuelca en su boca. Me señala con un dedo.
—Nos mudamos a mi casa, tú no tienes una mierda en la nevera.
—Esta noche estoy agotado.
Mientras tanto, Lele se mete en la zona de los dormitorios, entre la puerta y la habitación de él. Echa un vistazo, retrocede, comienza a bajar la escalera.
—Entonces, ¿no hay cena? ¿Viene Bibi?
—Bibi, sí.

Se despide con una mirada. ¿De alivio? ¿De duda? ¿De qué?

Ella va personalmente al Baia para inscribirse en la Gran Gala. Todo está apagado y la cancela está abierta. Se acerca y ve a alguien detrás de la puerta de cristal. Se detiene, no está lista para mendigar: luego ve las fotografías de baile en las paredes.

Era un hombre de poco cuerpo, excepto cuando bailaba. Y entonces, ¿cuando se pringaba con la Saint Honoré? ¿O cuando tallaba madera? ¿O cuando cargaba piedras de treinta kilos para esculpirlas? Y el lado de la mesa que apretaba en julio y agosto mientras comíamos: una mano sobre la madera fresca, como un asidero contra el bochorno. Siempre sudaba y no podías ni rozarlo. Y aquella única vez desnudo, tendría yo diez años, el partido de fútbol en el parque Marecchia con el balón pinchado. Fui corriendo a casa a buscar el de repuesto, subí las escaleras de dos en dos para dirigirme hacia los dormitorios y llegar a mi cuarto, giré apenas la cabeza hacia su habitación: y él allí, con el pelo mojado y el albornoz en la silla, los brazos extendidos hacia las rodillas, las manos agarradas a los extremos de los calzoncillos que estaba a punto de subirse. El pene colgando, fuerte, azotando el aire.

Soy yo quien llama a Bruni: ha encontrado una mesa exprés en Covignano, en la calle del bar Ilde, me lo confirma dentro de unos minutos. Cuatro mil, pero puede ser menos. Gente de confianza, él me avala. Seis jugadores.

—Quiero jugar una mano.

–Una, dos.

–Una, dos.

–Está bien, los aviso.

–Gracias.

–¿Sandro?

–Sí.

–Has desaparecido.

Me paso el teléfono al otro oído.

–Ahora estoy aquí.

Él se queda callado, chasquea el paladar. No vendrá a Covignano, ya no viene por aquí. La cita es a las nueve, me deja la dirección y el número al que llamar.

Deslizo el teléfono móvil en el bolsillo, me apoyo en la encimera de la cocina. Después de Walter y Lele, la mesa se ha desplazado en diagonal, tres sillas están mal colocadas, hemos apilado el cuenco de cacahuetes, las patatas fritas, las espirales de regaliz, dos mecheros. Walter ha arrugado el paquete de Marlboro con la intención de hacer un avión de papel, le ha salido un tanque con alas. Lo hago avanzar sobre la madera, despega y se convierte en un cazabombardero. Sobrevuela la cocina, la encimera y los estantes, aterriza junto a la cesta de mimbre. Lo dejo ahí, cojo las cartas de la brisca, quito la goma y aprieto el mazo con la mano derecha.

–A ver si es una noche de suerte –digo en voz alta, y mezclo las cartas como ella quería antes de leérselas, despacio, mirando un punto cualquiera en frente.

Un papel sale del mazo, está doblado en cuatro, lo abro. Es la letra de él: «Cuídate, Sandrin».

Mi cajita de melocotones Cardinal: la mesa en Miramare di Rimini el día de la Notte Rosa de 2011. Era el primero de julio.

Multitud de jóvenes en la calle, debajo del apartamento donde íbamos a jugar.

A Bruni le había llegado una mesa grande que consideró de confianza. Ocho mil para sentarse: vacié mi cuenta corriente, me faltaban dos mil novecientos euros. De Walter saqué doscientos con una excusa, cuatrocientos de un crédito de uno de Misano. Para los dos mil trescientos restantes hice una serie de llamadas a Milán, sin éxito. Pensé en vender la pulsera de aniversario de mis dieciocho años o pedir prestado a los conocidos de Rímini, pero no quería que se supiera que iba corto de dinero. Así que solo me quedaban ellos: mi madre guardaba la tarjeta en el cajón de su estudio, me permití dos retiradas de dinero la víspera de la partida, una antes de la medianoche y otra después de la medianoche. El resto lo cogí de la caja fuerte. No pensaba en qué le diría a ella, en qué le diría a él tan pronto como lo descubrieran. Nunca lo piensas.

Éramos cinco, sin contacto entre nosotros, reclutados por Bruni incluso en Viareggio para evitar que el conocerse supusiera una ventaja. Partida hasta llegar al final, lo que implicaba tres manos, sin límite de tiempo y sin ninguna mano adicional. En el juego hasta la mano final solo se abandona a la conclusión del número de partidas establecidas. Se aceptan pagarés, precisamente para permitir completar las tres manos, en el caso de que se esté perdiendo durante el juego. En caso de perder en la primera y segunda ronda, se debe afrontar la tercera dejando a un lado la decepción de las anteriores. Borrón y cuenta nueva. En caso de victoria en la primera y segunda ronda, lo mismo. En caso de nadar entre dos aguas con la primera y la segunda mano, en la tercera se es libre de pensar lo que se quiera.

Para la mayoría de nosotros, el punto crítico de la noche estaba en la primera ronda: si resultaba desastrosa, existía el riesgo de un rebote intimidatorio en la segunda y luego en la tercera. Una cadena que puede desembocar en faroles fallidos, gestualidad explícita, falta de autocontrol: casas perdidas, coches de entrega inmediata, patrimonios expuestos, autolesiones. Como Giannini en Milán, que comenzó la tercera ronda perdiendo veintisiete mil y terminó cediendo su casa de Santa Margherita a un tipo de Montecarlo. También está el caso contrario: mejora progresiva de la suerte y una noche memorable. Se rumorea que en 2002 Filoni consiguió así el hotel Bussler de Roma.

Teniendo en cuenta la comisión de ocho mil que pedía Bruni, al final de la noche el riesgo de un posible déficit era de sesenta mil. Casi nadie tiene efectivo para cubrir esos agujeros, por eso siempre hay un garante presente en la mesa de cierre. Él es quien se encarga de las complicaciones que puedan surgir durante las semanas siguientes, después de comprobar que ninguno de nosotros causará problemas: en mi caso, era el mismo Bruni, a quien reservaba una cuarta parte de mis hipotéticas ganancias.

Bruni se había sentado en el sofá de la habitación contigua a la nuestra: él era quien había traído la nueva baraja de cartas. Después de la primera ronda estaba tres mil abajo. Después de la segunda, eran nueve mil y algo. Registraban las pérdidas y ganancias respecto a la dote inicial en una hoja de papel. Antes de la tercera mano, había dos jugadores más perjudicados que yo: el jugador de Correggio tenía un déficit de aproximadamente veinte mil y el de Piacenza estaba dieciséis mil abajo.

Desde la ventana oíamos a los jóvenes festivos, esta Rímini, esta versión de mí que ya no recordaba, las risas, la música tecno en la playa, el único pensamiento de pasarlo bien: me dije a mí mismo que como ya había perdido en la primera ronda y en la segunda, también quería perder en la tercera. Deseaba perderlo todo, certificar una deuda difícil de cubrir que me obligara a pedir ayuda en casa, al banco, a los amigos, sumergiéndome en la irreversibilidad de los daños, tal vez permitiéndome regresar ahí afuera, con los chicos, la música en la playa, bailar y beber y perseguir la juventud.

Mientras esperaba las cartas, apoyé los codos en los reposabrazos de la silla y bajé la cabeza: no intentaría un farol, simplemente cambiaría las cartas débiles, jugaría con lo que tuviera en la mano. Pasaba de los treinta y dos años, vivía bien en Milán, podría haberme casado, era un publicista respetado.

En cambio, me entró un trío de sietes, servido. La sensación de estar servido siempre es maravillosa, incluso para los jugadores experimentados. No moví los codos de los reposabrazos, comprobé el siete de diamantes, el siete de picas, el siete de corazones, haciendo que la incredulidad se desvaneciera, convenciéndome a mí mismo de que había sucedido: con tres cartas del mismo valor contaba con una probabilidad del 2,11 por ciento.

Jugué, cambié dos cartas y las nuevas no alteraron la combinación. Cinco de nosotros subimos la apuesta, había pedido un préstamo a la banca de nueve mil euros más. Bruni había accedido. Seguimos jugando hasta que se acumularon treinta y nueve mil euros en la mesa. Entonces vimos las cartas y la mesa fue mía.

Anotaron en el papel el balance de cada uno: ajustaron mis cuentas, deduciendo de las ganancias las deudas de las primeras dos rondas, excepto la dote. Me dieron dos cheques y once mil en efectivo. Nos levantamos, los que habían perdido salieron de inmediato. Yo esperé, miré la mesa, los ceniceros sucios y los envoltorios de los caramelos, la colilla de un puro. Luego me acerqué un momento más a la ventana. Y ahí los tenía, delante de mí: el paseo marítimo y la música, y los chicos de la

Notte Rosa que un primero de julio se llevaron al Sandro que ya no volvería a ser.

«Cuídate, Sandrin». Dejo la nota en la encimera donde cortaba las verduras, al lado del mazo de las cartas de la brisca. Lavo el cuenco de los cacahuetes y lo guardo en el armario, tiro las patatas fritas, las colillas de cigarrillo y las botellas vacías de cerveza. Limpio la mesa, la seco, coloco las sillas en su sitio. Walter se olvidó el cargador del móvil en el enchufe del microondas, lo dejo en un lado. Abro la ventana, las migas de la mantovana son una estela en el alféizar. No es temprano para el petirrojo.

Cuídate, Sandro.

Pero las cartas han dicho: esta noche ganarás.

«Caterina y Nando Pagliarani, Gran Gala 2009, Baia Imperiale, Gabicce. Categoría: *amateur*. Presentación: a las 19:30 horas».

Jugar durante el día. En Milán, a partir de la primavera, sentarse a una mesa antes de que caiga la última luz y salir cuando los restaurantes todavía están abiertos, con el ambiente impregnado de laboriosidad. Gente en la calle, corbatas flojas, chaquetas colgando del brazo a la salida de la oficina, pasar entre los brindis de los jóvenes frente a los locales. Es importante saber que debes regresar a casa, haberte impuesto respetar un plazo, la prisa que evita la hemorragia del azar. Y en casa decir: se me ha hecho tarde en la oficina.

Nunca juegues de noche en Milán. Hay una tranquilidad extraña, todo parece reparable.

La noche de la Gran Gala, en Gabicce, soplaba el viento del Adriático. Llegan al Baia y él reduce la velocidad. Ella le alisa la solapa de la chaqueta y lo toma del brazo.

Las luces en forma de diamante en la pista: nunca dejaron de hablar de las luces en forma de diamante.

Bruni me busca de nuevo porque quiere decirme quién estará a cargo de la mesa esta noche: es un abogado de Ferrara que hace veinte años que vive en Zúrich. Viene del circuito de Venecia. Un hombre distinguido que no tolera retrasos ni la falta de efectivo.

–De acuerdo.

–Estás avalado y eso es suficiente para él.

–¿Y los demás?

–Cardigan de Bolonia. ¿Lo recuerdas?

–Sí.

–Es al único que conoces. El resto es gente de confianza traída de fuera.

Al principio solía presentarme a las citas de juego en el último momento. Luego, esa noche en el corso Garibaldi, llegué a las inmediaciones una hora antes: estuve vagando alrededor de la dirección, me tomé un amaro en el Tombon y fui arriba y abajo por Moscova, ese Milán de canales enterrados y agitación, de callejones torcidos y avenidas solemnes, volví de nuevo a la dirección, fumé y me alejé. Regresé a la hora acordada.

En la mesa, me sentí agotado por todo ese ir y venir: el cansancio me volvió casi indiferente, sin sangre, impenetrable. Mil trescientos ganados. Desde ese día me presentaba siempre con antelación.

Faltan dos horas para la mesa de Bruni en Covignano. Me anticipo a la llamada de Bibi y ella corta de inmediato: no tiene muchas ganas de ir al cine con los demás, ¿por qué no paso por su casa para un intercambio molecular y aquí paz y después gloria? Le digo que prefiero estar solo. Nos quedamos en silencio, luego me desea una buena noche con su hermosa voz, y yo también podría decírselo: te quiero.

Al cabo de una hora y media estoy en el coche y me viene a la mente ella, su manera seria de decir «intercambio molecular». Y también más tarde, mientras aparco en el bar Ilde y me dirijo a la cita, Bibi un momento antes de empezar a jugar, cuando las cosas seguras se rinden ante las cosas posibles.

El Baia de la Gran Gala tenía una pista estrecha y había que ir con cuidado. Serían los sextos en salir. Una actuación en solitario, con los demás de pie, excepto el jurado, ya acomodado esperando a los profesionales.

Ella se colocó en posición primero. Luego él apuntó con el tacón y le susurró al pie izquierdo: «Pórtate bien».

Cuando alguien no le gustaba, él decía que bailaba mal. Sin importar quien fuese, le bastaba un indicio para sacar conclusiones: «Es torpe».

−¿Cómo lo sabes? −le preguntaba ella.

−Lo sé.

−¿Por qué? ¿Por la cara, la voz? ¿Su forma de moverse?

−¿Tú no lo ves?

−No, no lo veo.

Luego, tan pronto como se daba cuenta de que tenía razón, se lamentaba.

–¿Y yo? –lo instigaba ella.

–¿Tú qué, Caterina?

–¿Bailo mal o bien?

–Bailas bien.

–¿Y yo? –pregunté.

–Tú eres astuto.

Compruebo la dirección que me ha dado Bruni: la casa donde jugaremos está pasada la cuesta, antes de que empiece la zona de las casas agazapadas en el bosque. Es una villa de piedra caliza con tres chimeneas, el jardín tiene palmeras y una glicinia que sirve de techo a la terraza. Las persianas están subidas, excepto en la planta baja. Llego dieciocho minutos antes.

Enciendo un cigarrillo, doy una calada, al otro lado de la calle dos faros parpadean. Proceden de un coche estacionado en espiga: es el Mito de Lele. Me alejo, él baja y me sigue.

Se me acerca.

–No deberías estar aquí.

–¿Con quién has hablado?

–Adivina.

–¿Has llamado a Bruni?

–Ni siquiera estabas con Bibi, porque está en el cine con los demás.

–No te metas en lo que no te importa.

–No deberías estar aquí.

Señalo el suelo con el zapato.

–No te metas en lo que no te importa.

–Ya sabes que puedes hacerlo.

Me agarra del brazo.

Me suelto.

–Vete a dar una vuelta.

–Puedes hacerlo.

Vuelve a agarrarme del brazo. Lo aparto y me alejo, regreso al bar Ilde, subo al coche y me dirijo hacia San Fortunato. Me detengo después del mirador. Aparece el Mito y aparca, Lele baja y golpea mi ventanilla.

–Haz lo que te dé la gana. Yo te espero aquí.

Cuando llevaban tres cuartas partes del *swing* en la Gran Gala, él cambió de posición: nadie se dio cuenta en el Baia. Solo ella, cuando lo perdió de vista. Pasadèl y ese paso hacia atrás: el espacio secreto para el salto Scirea. Arriesgando toda una vida.

Realmente, Lele se queda en el mirador. Yo regreso a la villa de las tres chimeneas y espero la calma. Llega de golpe, como siempre, justo antes de sentarme a una mesa: lo demás se desvanece. Llamo al número que me dio Bruni. Responde una voz débil. Pronuncio mi nombre y oigo que vendrá a abrirme.

Es un hombre de unos setenta años, viene hasta la puerta, me invita a entrar y me guía. Lleva unas gafas con montura gruesa y la camisa abrochada hasta el último botón. Se aparta para dejarme pasar y dice:

–Bienvenido.

La sala de estar queda a la derecha. Jugaremos en una mesa redonda frente a una de las ventanas con las persianas bajadas. La luz proviene de las lámparas situadas en los estantes, y de encima de un mueble, un soporte de televisión sin televisor. También hay una lámpara de mesa en el suelo. Los otros jugadores están en una esquina de la habitación, sirviéndose del carrito de los licores. Saludo, un joven con una gorra de béisbol me devuelve el saludo, debe de tener unos treinta años. Le hago un gesto a un tipo que solía vivir en Bolonia cuando íbamos al edificio de la adelfa: está contento de verme igual, él también está igual, con el cárdigan que se quitará a mitad de la partida. Han movido el sofá hacia las ventanas, al otro lado de la sala amueblada con estanterías vacías y una mesita con un adorno de cristal en forma de oso polar. El olor a cerrado es reciente, da la sensación de que la casa está habitada: como si la hubieran vaciado apresuradamente, pero logrando una mudanza esmerada. Me siento en el reposabrazos del sofá, los demás se dispersan, esperamos a los dos últimos que faltan. Esperar se tolera, con un límite tácito: veinte minutos. Después de eso, cualquier jugador puede pedir que se comience y dejar excluidos a quienes no respeten el horario, o pedir autorización para irse con permiso de todos. Esta vez, los rezagados llegan al cabo de un cuarto de hora, van juntos y, por su nariz aguileña, me parecen hermanos. Uno de ellos sonríe: entiendo que es una mueca nerviosa, porque la mantiene.

Nadie pregunta nada, todos están respaldados por alguien, excepto el septuagenario, que, sin embargo, muestra su dinero en efectivo cuando abre una carpeta de documentos. Deberían someterse al examen de alguien ajeno al juego, también respaldado: eso es lo que siempre hacía Bruni, clasificando las habilidades de cada uno y vigilando a aquellos que sobrepasaban su presupuesto con el consentimiento de la mesa, excediéndose en pagarés. Me ha ocurrido dos veces: se acuerdan los plazos de pago con el deudor, por lo general son flexibles. En este caso, debe haber alguien más que conozca al perdedor y pague por él, acordando luego el reembolso. Yo he tenido a Bruni y a mi director ejecutivo de Milán. Casi nunca se piden intereses. Si no puedes pagar las pérdidas, con personas correctas, te enfrentas a ser expulsado del circuito y, a veces, a represalias de diversa índole.

El septuagenario guarda la carpeta en un maletín de piel: se desabrocha un botón de la camisa y su cuello bulle con una tos gruesa. Va hacia el carrito de licores y se sirve un dedo de vermut, podría ser un apoyo, como se los llama en Milán. El apoyo es una pieza que se sienta a la mesa para favorecer a otro u otros jugadores y hace que suba el bote. Pero también podríamos serlo nosotros, pese a estar respaldados.

Me quito el abrigo, lo cuelgo en el perchero y vuelvo a la mesita con el oso polar. Lo cojo: a contraluz, el cristal tiene una iridiscencia que me envuelve, lo alejo y lo sopeso. Mis yemas están secas y el brazo está firme, y cuando lo doblo siento que la presión no sube al cuello. Voy al otro lado de la sala de estar y miro por la ventana abierta, el aparcamiento ahora está vacío y el Mito no ha vuelto, me doy cuenta de que todavía tengo el oso en la mano.

–¿Vamos? –dice el septuagenario.

Vuelvo a colocar el oso en su sitio y nos sentamos a la mesa. Las sillas son cómodas, tienen reposabrazos, y eso ayuda: poder descargar el peso de los codos fomenta la somnolencia, y la somnolencia favorece el enmascaramiento de las intenciones. Lo ideal es adoptar enseguida una postura natural, pero eso es algo que solo unos pocos logran. La mayoría declara una predisposición física desde el principio: tal vez se agite perceptiblemente todo el tiempo, de manera que confunda posibles torpezas con las cartas en la mano; o dejará notar desde el primer minuto que un brazo nunca se va a estar quieto, independientemente del juego, dándose permiso para canalizar las tensiones en ese movimiento. Una de las claves para no pecar de incauto sigue siendo la mirada: hay que fijar los ojos en un punto específico de la mesa, la pared o un mueble.

–Vamos.

El septuagenario termina el vermut y comienza.

Se remanga la camisa y reparte las fichas, dividiendo la dote en partes iguales. Las manipula con cuidado y a velocidad media, lleva una alianza gruesa y una pulsera adornada con pequeños nudos de marinero. Abre la baraja, tira el envoltorio al suelo y mezcla al estilo americano, apoyando la palma para dar energía al movimiento e iniciar el remolino que homogeneiza la intersección. Aleteo de alas. Cuando está satisfecho, hace cortar a su derecha y a su izquierda: reparte una carta a cada uno. Le damos la vuelta: la más alta va al hermano con la sonrisa maliciosa, a ese le pasa la baraja. Ahora se muestra serio y se acomoda en la silla, está listo para la invitación, coloca una ficha de trescientos sobre la mesa y, antes de soltarla, la presiona como un pulsador. Espera a que hagamos lo mismo, todos respondemos, así que agrega otra ficha y comienza a mezclar; el sonido de la baraja sigue resonando incluso después de que haya terminado. Hace cortar al de su derecha, recompone el mazo. Reparte las cartas, se asegura de dar a cada uno una carta a una altura cómoda, en sentido horario, carta a una altura cómoda, en sentido horario, carta a una altura cómoda. No aparta la mirada del bote, de repente sí, comprueba que todos estemos servidos.

Recibir las cartas es un punto de inflexión: hay quienes, sin voltearlas, tienden a anticipar si son buenas, exponiéndose a decepciones difíciles de ocultar. Y hay quienes, esperándolas ya débiles, evitan reacciones de desilusión que pondrían en peligro un farol. Yo pertenezco a los segundos, con una debilidad por los ases: tener uno en las manos me infunde emoción, incluso si no sirve para ganar. No sé por qué, simplemente es así.

El septuagenario es el primero en mirar las cartas, levanta las esquinas y echa un vistazo, las vuelve a dejar en la mesa, las observa de nuevo y da la impresión de que las tiene buenas porque las revisa una tercera vez para disfrutar de ellas. También podrían ser potencialmente buenas pero desligadas, y eso obliga a jugadores con poca memoria a examinarlas hasta que las manejan mentalmente con habilidad. Los demás comprueban las puntas de las suyas de una en una, excepto Cardigan de Bolonia, que siempre tiene una manera propia de levantar las esquinas con las uñas. Los dos hermanos se manejan del mismo modo: bajan la cabeza, separan una carta de la otra, juguetean con las fichas. El chico con la gorra de béisbol las escudriña y las coloca bien, con delicadeza.

Cada uno de ellos es sus propias cartas. Están evaluando un farol, el sabor de una victoria, el preludio de la derrota, imaginando un cambio provechoso procedente de la baraja. Lo llaman el purgatorio: dura una media de unos cuarenta segundos, un poco más si hay jugadores que se han puesto de acuerdo y quieren empezar a desmoralizar a algún novato. Prolongar el purgatorio delata a los principiantes. En 2014 debilitamos al notario de Génova por su costumbre de arreglarse la solapa de la chaqueta durante los faroles: perdió dieciséis mil en la quinta gracias a haberlo trabajado durante los purgatorios de las cuatro anteriores.

Después de los cuarenta segundos, soy el único que no ha visto las cartas. El septuagenario me mira y yo pongo las manos sobre la mesa. Tengo las yemas de los dedos tibias, el hueco del brazo en línea, las piernas firmes, el esternón tranquilo.

Los demás también me miran.

Pasadèl en la Gran Gala: el movimiento inesperado detrás de ella, el salto Scirea en lugar de cerrar deslizándose. Se eleva del suelo y parece que tropieza de nuevo, pero en realidad sube hasta arriba, el hombre sin peso, arriesgándose.

Retiro las manos del borde: dejo las cartas donde me las han dejado y no las miro. Las muñecas están firmes, la cabeza clara, las piernas frescas. Los bordes de la piel están secos en la base de los nudillos. Y lo noto, el mazo está agotado.

—Disculpen —digo, y me levanto.

Alejo la silla de la mesa, voy al perchero, abro el bolsillo interno del abrigo y cojo los tres mil euros. Regreso a la mesa y cuento mil, los coloco en mi sitio.

—Disculpen.

—¿Así? —pregunta el septuagenario.

—Sí.

—¿Lo deja así?

—Sí.

Y espero que me excusen. Lo hacen con un gesto de cabeza, el último en aceptar mis disculpas es Cardigan.

A continuación, el septuagenario se levanta y viene a contar el dinero, me pide que me vaya y así lo hago. Me acompaña hasta la puerta, espera a que salga y que esté fuera de la villa de las tres chimeneas y de mi mal agüero de una vez por todas.

Tu padre: el hombre que voló en la Gran Gala. Deberías haber visto a la gente, Muccio. Deberías haber visto a la gente.

En 2008, él llamó a Daniele y a Walter y los invitó a casa: quería entenderlo. Lele me avisó de que tenían la intención de ir, y en ese momento me enfadé, después me entró curiosidad y les pedí que me hicieran una crónica lo antes posible.

Esperé en la mesa de la oficina, salí a pasear por corso Sempione, cerca del Arco della Pace me tomé un café, caminé en dirección a Porta Romana y entonces recibí un mensaje de

Walter: todavía estaban todos allí y cenarían juntos. ¿Qué significa que cenáis juntos? Que cenamos juntos, no podíamos decir que no al pollo a la cazadora de tu padre.

Ellos, pollo a la cazadora; yo, un bocadillo de alcachofas en el bar Quadronno, fingiendo leer el periódico, esperando, hasta que más de una hora más tarde me llamaron desde el altavoz del coche: lo estás enterrando, Sandro, y a Caterina también.

Y me contaron que ella había llegado a mitad de la cena y ellos cambiaron de tema y dejaron de hablar de mí, lo retomaron con mi madre, que los escuchó dando la impresión de saberlo todo mejor que nadie. Se arreglará, había dicho al final, cansada de aquel coro que él había reunido. Y comieron higos caramelizados, un frasco entero, añadiendo requesón de cabra y apagándose todos poco a poco, hasta quedarse en silencio.

Cuando subo al mirador de San Fortunato, Lele está en el muro, fumando. Aparco junto al Mito, me acerco y me siento allí con él.

Sigue fumando.

–¿Y bien?

–Ya lo sabes.

–Has abandonado.

–Debo ir a ver a Bruni.

–¿De verdad has abandonado?

–Debo arreglar las cosas con Bruni.

–Tiene un hijo y está con alguien que no quiere visitas por la noche.

–Debo ir antes de mañana.

–Has abandonado de verdad.

Me da la risa.

-¿De qué cojones te ríes, Sandro?

-De tu cara frente a la villa cuando llegué.

-Idiota. -Apaga el cigarrillo y guarda la colilla-. ¿Y qué te han dicho los de la mesa?

-Ni siquiera he mirado las cartas.

-¿No las has mirado?

Hago un gesto negativo.

-No puedo creer que no las hayas mirado.

-Si miras, juegas.

Nunca se lo oí decir: tú, Sandro, le partiste el corazón a mamá. Tú y tu vicio la mataron.

Lele viene conmigo a ver a Bruni. Me sigue con el coche y espera al final de la calle. El edificio está en Marina Centro, frente a las pistas de tenis.

Le llamo y no obtengo respuesta. Le mando un mensaje, Bruni se asoma al balcón y me hace señas para que lo espere en el coche. Llega, entra, saco dos mil euros y se los entrego.

Él los coge.

-Ya me han avisado.

-Lo dejo.

Juguetea con las llaves de casa. La barba oculta el color rojo de sus mejillas.

-Perdona por las molestias.

-Te dedicarás a los casinos y a las mesas en línea.

Niego con la cabeza.

-Ya sabes que me gustan las cosas para unos pocos.

Nos quedamos en silencio, y sé que está sonriendo, aunque esté mirando hacia el otro lado.

–¿Y qué pasa con tu don, Sandro?

–Lo del don te lo inventaste tú.

Es ahora cuando se vuelve y me mira. Aún tiene el dinero en la mano, levanta la cadera para metérselo en el bolsillo del pantalón.

–No me llames más.

Chasquea el paladar.

¿Y los aplausos del Baia? Cuántos aplausos, Muccio. ¿Y papá? Papá ligero. ¿Ligero? Ligero allá arriba, incluso mientras salíamos de la pista. Y también después: ligero allá arriba.

Lele y yo nos ponemos a caminar, dejamos los coches en la calle de Bruni y andamos rápido hasta el monumento del ancla, luego bajamos a la Palata, la niebla nos sorprende en las rocas. Nos separa.

–Eh, ¿todavía estás aquí? –pregunto.

Me coge del brazo y coincidimos en que no podremos esperar a Walter porque nos congelaremos. Le llamamos para avisarle, pero él ya está en el puerto. Cuando llega, estamos sentados en el faro amarillo.

–¿Sois vosotros, pasmarotes?

–¿Quién más iba a ser?

–Qué feos sois.

Se acerca, un hongo de cabeza rizada. Se sienta y nos abrazamos como cuando contemplamos las estrellas, solo que ahora Lele está en el centro. Nos ajustamos las chaquetas al cuello, el faro destella y la niebla es Rímini envolviéndonos en humo.

Tengo la respuesta definitiva para el millón de euros de más. –Walter se aparta de nosotros–. Un barco. Lo atracamos en la Palata y durante el almuerzo vendemos pescado frito, mientras que por la noche salimos mar adentro.

–El mar me sienta mal –dice Lele.

–Dios mío, a este le sienta mal el mar. –Walter se levanta, el faro lo deslumbra–. Pensadlo.

–Aún te queda bastante dinero.

–No, porque se lo ha gastado él con las cartas.

Y me señala.

Nos reímos.

–¿Y los veinte años menos?

–Nosotros no necesitamos tener veinte años menos.

Con veinte años menos, estoy en la estación de Rímini, es finales de septiembre. También está Lele y nos disponemos a tomar el tren regional hacia Bolonia, al día siguiente comenzamos el tercer año de universidad.

Llevamos una maleta cada uno, otra maleta con sábanas, chuletas y las salsas de nuestras madres. Él nos ha acompañado al andén como en cada inicio del periodo académico.

–Cuidaos –dice cuando estamos a punto de subir al tren.

Luego partimos y lo observamos desde la ventana, él está quieto y nos saluda con la mano envolviendo las llaves del coche. Veinte años menos, y qué más podría haberle dicho, qué más.

–El amor que le tienes –dice Bibi–. A un padre, ¿qué más puedes decirle?

Acompasa su paso al mío y sigue el ritmo desde la piazza Cavour hasta el puente de Tiberio. Nos desfasamos y recupero mi paso largo. Hemos adoptado el hábito de caminar desde la Ina Casa hasta la playa cruzando el casco antiguo y regresar por el parque.

—Me gustaría decirle que tengo algo de él. —Entramos en el barrio de San Giuliano—. Algo de lo que me ha dado.

—Él ya lo sabía.

—No sé si lo sabía.

—Pues claro que lo sabía.

—Sabía que yo era diferente.

—Como todos los hijos.

Sonrío.

—Diferente peculiar.

—Peculiar.

—La manzana que cayó lejos del manzano.

Se anuda la bufanda.

—Sigamos caminando.

Y veo que acelera, casi corre, y tratar de seguirle el ritmo me obliga a disipar los pensamientos, y ella lo intuye y al final del barrio está contenta por haberme sacado de mis fijaciones. Luego llegamos a la plaza del agua, vacíos de todo, el puente de Tiberio se refleja y los arcos parecen círculos sumergidos. Hace un frío de mil demonios y Bibi ralentiza el paso.

—De todos modos, nos gusta lo peculiar.

No he mirado las cartas antes de abandonar la mesa en la villa de las tres chimeneas de Covignano: existía la posibilidad de que hubiera una pareja, una doble pareja, un trío.

Don Paolo se presenta en casa por la mañana temprano y llama al timbre, va abrigado como si estuviera en el Polo Norte.

Capucha, guantes, una bufanda cubriéndole la nariz. Solo le asoman las cejas, se las alisa y espera azotado por el viento del norte junto al portón. Lo invito a entrar, aunque quiere caminar. Accede a pasar y se descongela en la parte de abajo de la escalera; cuando llega al pasillo se muestra cauteloso. Tiene miedo de ensuciar con sus zapatos, le quito el chaquetón y le desenrollo la bufanda.

–Demos un paseo, ¿no, Sandro?

–Ven a la sala.

No viene.

–Ven a la sala.

Nos movemos juntos, circunspectos, y él da vueltas hasta que le entrego la bolsa con los discos que él le dejó. Los examina, Guccini y otros diez más, elige uno con cuidado y lo saca.

–Ponlo.

Es Jimmy Fontana. Voy al tocadiscos y lo pongo, aunque aquí *Il mondo* siempre sonaba los domingos por la mañana. Estamos agachados escuchando tres cuartos de canción, luego levanto la cabeza y es la primera vez que veo a un sacerdote llorar.

Se conocieron el 22 de noviembre de 1970 en una sala de baile en Milano Marittima. Caterina estaba con sus amigas, Nando con sus amigos, y antes de que le pidiera bailar, la noche había pasado.

Ella estaba a punto de irse, él necesitaba unos minutos más para armarse de valor. Aceleró el proceso, se acercó a ella en el sofá donde estaba sentada y se lo pidió extendiendo una mano: «¿Puedo invitarla a bailar, señorita?».

He jugado 210 450 euros. He perdido 122 470 euros.

Cuando despierto, el cielo está nublado y los caquis se balancean en las ramas. Abro la ventana y olisqueo el viento del norte. El huerto tiene toques de dunas y los sarmientos de la viña son nudos de carbón. Preparo té y me como un bizcocho de pie, mientras observo a Sabatini sacar los sacos de tierra de su Panda. Los carga de uno en uno, los lleva a la parte de atrás y los apila junto al cuadrado de las coliflores: al día siguiente del funeral se ofreció a cuidar del huerto hasta que lleguen los tomates. Él es quien se encarga de la iluminación navideña: anteayer colocó las luces blancas en la higuera y en la acacia, y las azules alrededor del cobertizo de madera y de los tres granados.

Voy al armario y me pongo la sudadera encima del jersey. Sigo teniendo frío, me cubro con el anorak y me aseguro de que el gorro esté en el bolsillo. Cojo las llaves y voy al piso de abajo, entro en el garaje. El Renault 5 está aparcado junto a las siete cajas que he guardado, las que contienen las chaquetas, los jerséis y las camisas de batalla. Al lado está el cuartito del lavadero, he amontonado la ropa sucia sobre la tabla de planchar. Meto las prendas de color en la lavadora y la pongo en marcha, preparo el tendedero entre la caldera y las telas de ella.

—Los cuadros no se estropearán por el calor, ¿verdad, Nando?

—Qué va.

Los había catalogado por año y tema.

Saco el que está más cerca, aparto el plástico: es el enebro inclinado de la playa de Piscinas. En una de las ramas se mezclan los colores: nuestros trajes de baño tendidos. Lo dejo aparte encima de la cómoda, haciendo espacio detrás de la caja con los tinteros y al lado del cartel de la Gran Gala.

Abro las puertas del garaje y de la verja, y subo al Renault 5, lo saco, cierro el garaje y la verja y me incorporo a la via Magellano y a la gran carretera que trepa hacia el sur; bajo un dedo la ventanilla, el viento del norte elimina la sal del mar y trae el viento de la madera quemada en el campo.

Entro en la circunvalación, un estrecho conducto donde termina la ciudad, esta tierra que con su transición al frío se asemeja a un lugar de descanso, cuando la luz cansada, las personas y las cosas vuelven a ser ellas mismas después del verano. Dejo la ronda y me alejo de Rímini, la mañana ha crecido y a medida que llego a Montescudo se impregna del paisaje silvestre.

Enciendo la radio, cambio de emisora, no ponen ninguna canción que me guste. Era el juego que hacíamos nosotros tres: cada uno decía en voz alta un título y girábamos el dial cinco veces esperando encontrarla. Ella fue la única que lo logró, pero no valía porque Enrico Ruggeri había ganado el Festival de San Remo el día anterior. Él no se la pasó y yo tampoco.

El aire se calienta dentro de Montescudo, la calle empedrada parte el pueblo por la mitad y recorro la ladera del promontorio hasta la curva que se eleva por la colina. Subo y tomo el camino de grava que delimita el campo. La casa está medio cubierta por acacias y nogales, la fachada es de piedra rosa y empalidece en el tejado. Arriba había colocado un cartel que decía ZONA VIDEOVIGILADA y una cámara falsa para disuadir a los ladrones, después de que alguien le hubiera cortado la valla. Ya no habían vuelto a intentarlo y él se jactaba de ello, pero cada vez que pasaba debajo de la cámara levantaba la cabeza en una postura antinatural.

Abro la cancela grande y estaciono en el llano donde solía poner la mesa en primavera. Siempre recibía visitas, don Paolo, sus excompañeros de trabajo, a veces se ponía a comer solo en el porche que daba a la franja del Adriático. Recorro la pendiente y me detengo antes de la hilera de olivos que termina con el cerezo. En la parte densa de la maleza la hiedra ha trepado sobre los cinco avellanos y ha espesado el terreno con un manto desordenado. Nunca la había tocado, era la única zona donde no se adentraba con su desbrozadora. Ella se lo suplicaba: deja las flores silvestres, por favor. Él dejaba intacto un triángulo y luego también lo rasuraba.

Dejo atrás la hiedra, aquí la pendiente se aplana: un cuadrado amplio donde decían que querían poner una mesa de pimpón. Luego un día trajeron una piedra de la iglesia en ruinas. Él utilizó el cincel y papel de lija, y ella pintó unos ojos, así surgió el erizo de piedra.

Está hundido y mira hacia la cerca, las pupilas descoloridas y el lomo conquistado por el musgo. Junto a él están la rana y el jabalí que según ellos es una liebre, además de otros siete animales, incluidos los tres nuevos que él agregó después de que ella muriera. Se reconocen porque no tienen témpera: el último es un halcón con el pico quebrado. Con la suela aplasto la tierra para que quede lisa alrededor de cada uno, finalmente llego a los cuencos de agua de lluvia. Tomo el cubo y un trapo y regreso junto a los animales. Me agacho y empiezo a limpiarlos. Cuando termino, el agua los ha oscurecido.

–El cementerio de los animales –dijo él.

–Están vivos –respondió ella.

–Pues la colina de los animales.

–La colina de los animales.

Bajo al cobertizo de las herramientas, unos veinte metros más abajo, busco nuestra piedra de la iglesia. Está cubierta por la carretilla volcada y la hiedra. La desentierro y la agarro, mis dedos raspan el barro, clavo los pies y trato de levantarla, desisto porque está profundamente hundida. Busco un palo, abro el cobertizo y encuentro el pico, comienzo a apuntalar la piedra y me quedo sin aliento, me paro, vuelvo a empezar con el pico hasta que la piedra está completamente libre y yo me quedo tranquilo.

Me agacho y la agarro, y esta vez logro levantarla, la apoyo en mi chaqueta y subo un tramo de camino, y otro tramo hasta que las manos me arden y la espalda me tira y estoy en la colina de los animales. La coloco entre el águila y el jabalí, dejando la parte larga mirando hacia el Adriático. Aquí habría esculpido la cabeza.

Tu tortuga.

Esta primera edición de *Tenerlo todo*, de Marco Missiroli,
se terminó de imprimir en *Grafica Veneta S.p.A. di Trebaseleghe* (PD)
de Italia en febrero de 2024. Para la composición del texto
se ha utilizado la tipografía Celeste diseñada por Chris Burke
en 1994 para la fundición FontFont.

Duomo ediciones es una empresa comprometida con el medio
ambiente. El papel utilizado para la impresión de este libro
procede de bosques gestionados sosteniblemente.

PEFC

PEFC/18-31-226

Este libro está impreso con el sol. La energía que ha hecho posible
su impresión procede exclusivamente de paneles solares.
Grafica Veneta es la primera imprenta en
el mundo que no utiliza carbón.

UNA NOVELA PROVOCADORA
SOBRE EL AMOR Y EL DESEO

«Poderosa, delicada y exquisita.»
Claudio Magris